TO

天宮凜子のワケあり物件

東京かれん

TO文庫

目次

天宮凜子のワケあり物件

プロローグ

国語の授業で、私はお父さんのことを作文に書いた。

わたしのお父さん

二年三組　天みやりん子

お父さんはいつも家にいます。それはお父さんが、うちの一かいで、ふどうさんやさんをやっているからです。

お店の名まえは「晴レ晴レじゅうたく」といいます。お父さんの名まえが晴ひこだから、そういう名まえをつけたそうです。お父さんは明るくて、いつもにこにこしています。だから、お店の名まえはピッタリだとわたしは思います。

きのう、お父さんに「お父さんのしごとって、どういうことをするの？」と聞きました。お父さんは、「お父さんのしごとは、おきゃくさんに家をしょうかいすることだよ。でも、それだけじゃない。お客さんの人生のふし目に立ちあって、その人のみらいをおうえんすることができる、すごいしごとなんだ」と教えてくれました。

一人ぐらしをするようになったり、けっこんしたり、子どもができたりした時に、人は家をさがすことが多いそうです。お父さんは、その人のみらいが明るく晴れやかになることをそうぞうして家をさがしてあげるそうです。

そんなお父さんのしごとは、すばらしいしごとだと私は思います。


それからしばらくして、担任の森田先生に呼ばれて職員室に行ったら、先生は顔いっぱいにニコニコして私に言った。

「天宮さん、おめでとう！　あなたが書いた作文が、豊島区の作文コンクール二年生の部で最優秀賞をとりましたよ。よかったわね！」

先生は親にも電話をしたみたいで、家に帰って玄関に入ったとたん、お母さんが「凜子！　おめでとう！」と私を抱きしめた。

お母さんの後ろでは、作文の題材になったお父さんが、照れ笑いしながら目に涙をためて立っている。そして涙声で「今夜はお祝いだ！」と言った。私たち家族は、その足で焼肉を食べに出かけた。

西池袋の裏路地の焼肉屋さんで、お父さんは特上カルビを注文した。そして、たぶん日本語を理解していない韓国人の店員さんに、酔っぱらって、

「この子が作文コンクールで一番とってね」と何度も何度も絡んで自慢し、私は少し恥ずかしかった。

でも美味しい焼肉を食べて、デザートにチョコレートアイスも食べて、お腹がいっぱいで、何よりも両親が喜んでいる姿を見ていると、ふわふわと幸せな気持ちになってくる。

そして、「先生の言う通りにしてよかったな」と、ぼんやり思った。

実は、この作文には続きがある。

私は作文には自信があり、書き終わった後、当然いつものように褒めてもらえると思いながら教壇にいる森田先生に見せに行った。

すると先生は作文を読んで、ぴくっと眉を寄せた。

「ここまでで、あとは消しましょうね。ほら、原稿用紙のマス目が足りなくてはみ出ているでしょ」

森田先生は、そう言うと終わりの数行をガシガシと消しゴムをかけて無くしてしまった。せっかく書いた作文を消されて、モヤモヤッとした不満を覚えた。

でも、それと同時に先生の様子から、何となく、これは作文に書いちゃいけないことなんだな、ということも理解できた。

自分の書いた文章がよくなかったから仕方がない。そう納得して、先生が消してしまったことを特に誰にも話さなかった。

先生のおかげで最優秀賞なんてすごい賞をもらって、お祝いに焼肉を食べることができたし、お母さんとお父さんはとても喜んでいるし。もう、いいや。

でも本当は消された部分が、私が一番言いたかったこと。それは、こんな文だった。

でも、お父さんは今年もうんどう会には来ません。日曜日はしごとで一番いそがしい日だからです。きっと来年もそのつぎの年も来ません。

だからわたしは、お父さんがあまりすきじゃありません。そして、ふどうさんやさんには、なりたくありません。

ぜったいに、ぜーったいに、なりたくありません。

第一章　ワケあり部屋のアルバイト募集

「首つりですか？」

電話の向こうで相手が答える。

「いや、練炭」

「しょうがないですね。引き取ります」

そう言ってため息をついてみたが、電話を切った直後、私は込み上げてきた笑いを止めることができなかった。思わず、つま先立ちになって腕を上げ、バレリーナのようにクルクルと回りながら、声を上げてしまった。

「やった！　レン、ターン！」

すると、革の黒いソファに背中をもたれて座っている父が言った。

「凜子、お前なぁ。ターンとかしてんじゃないよ」

「え、なんで？　いいじゃん」

「知らない人といえども人の死を喜ぶって。お父さん、それはどうかと思うよ」

健康サンダルをパタパタさせながら、いかにもだらしない格好でくつろいでいる父親に命の尊さを諭《さと》されても身に染みるわけがない。そんなことを思ったが、親が心配しない程度に説明をするのは子供の義務でもある。

「だって、首つりって大変なの。本人はきれいに死ねると思ってるけど、ゲロだのウンコだの、もう滅茶苦茶にぜーんぶ出ちゃって。なっかなか臭いがとれないんだよ」

「あぁ～。そういう話、やめて」

胸をおさえて気持ち悪がる父に構わず話を続けた。第一、こちらの苦労も少しはわかってもらわなくちゃならない。

「仕方ないじゃない。うちはそういう、ワケあり物件のおかげで食べていけてるんだよ。この間、大久保のホストクラブでホストが首つったじゃない？　あそこなんか、三メートルも先の鏡張りの壁までゲロが飛んじゃってたんだよ。イケメンが台無しでさぁ」

「うぅ……気持ち悪くなってきた……」

父が本当に吐いたら、それはそれで面倒なので、この辺でやめておこう。私は仕事に戻って、作りかけの書類を片付け始めた。

ここ「西池エステート」は池袋駅の西口から歩いて十三分ほどの場所にある。一応、

「商店街」と名前のついた通りに面しているが、近隣の店は代が替わったのを機会に店を閉じて二世帯住宅に建て替えたりしているので店舗数は少ない。賑やかさとは程遠い名ばかりの商店街に会社を構えている。

「会社」と呼んでいるが、ちょっと、それにはまだ無理がある。うちはただ、住宅の一階を不動産屋にしただけの、広さ三十坪の古い木造住宅だ。

会社の入り口はガラス張りの引き戸で、手書きのものも混ざった、たくさんの間取り図が張り巡らされている。「西池エステート」と新しく作った看板だけはピカピカだが、その横には「天宮」と我が家の木の表札がかかっている。

大手の不動産会社の多くは駅前に店舗を構えているが、うちは元々、池袋の隣駅である椎名町界隈を縄張りとした地元の不動産屋だった。

実際には最寄駅といえば椎名町駅の方で、うちから少し先の環状六号線の下をくぐると、すぐに駅舎が見えてくる。

椎名町駅北口の駅前にはそれほど大きくもない「長崎神社」があり、その前を通り過ぎると、昔ながらの庶民的な小さな店が立ち並ぶ。

店は時々入れ替わるが、ラーメン屋がいつの間にかうどん屋になったという風に、似たような店になるだけで基本的にはあまり変わらない。いつでも鰹だしの香りが漂っているような町だ。

「西池」と名乗るには申し訳ないような気持ちにもなるが、うちの住所が西池袋四丁目だから別に偽っているわけでもない。

父親は営業努力もせず、インターネットでの広告も「何それ?」という感じの暢気な人だから、うちはみるみる傾いてしまった。


父は二代目で生まれつきのんびりした人だ。性格と同じように体型までも、ずんぐりと太っている。

幼い頃、私が持っていた茶色いクマのぬいぐるみが父にそっくりで、オママゴトをする時、そのクマのぬいぐるみをお父さん役にしていた。

母は痩せてスラッとしていた。私はどちらかというと母親似で、クマさんのような父に似なくてよかったと、内心ホッとしている。

母親は元気で明るく、てきぱきと店の手伝いをしていた。そんな父と母は良いコンビだったと思う。

私は子供の頃から勉強ができる優等生だった。クラス委員は先生のご指名で何度もやったし、中学三年生の時には生徒会長にもなった。

大学は文学部に進んだ。父親の趣味の「古墳めぐり」に、少し影響を受けたかもしれない。子供の頃、お盆休みの家族旅行にはいつでも古墳がコースに入っていた。なんだかよくわからない緑の小さな山を見ながら、よく父の説明を聞いたものだ。古墳の大きさや作り方で、往時の様子に想いを馳せるのが楽しいらしい。

初めは別に面白くも何ともなくて、自然の中を散策することを楽しんでいたが、日本の古代史にはちょっと詳しい子供になってしまった。

それで、文学部で古典文学を専攻し学んでいたが、そんなものではもちろん食べていくのは難しい。学生生活も後半にさしかかると、他の多くの学生と同様、業種を問わず様々な会社の新卒求人情報を集めた。

就職活動を意識し始めた時、エントリーシートの資格欄に何か入れたくて「宅建（宅地建物取引主任者）」や「不動産鑑定士」など、建物に関わる資格をいくつか取得した。

物心ついた時から父の仕事を見ていたので、それらを取るのはたやすかったし、実際に就職の時も有利に働いた。

そのおかげもあってか、大手商社に勤めることができた。商社では、都市開発部門に配属され、それらの資格はそこでも役に立っていたと思う。

入社して三年目には、ある程度の仕事を任された。会社は海外の都市開発を請け負うようになり、私は南米のアルゼンチンに派遣された。

そこで住宅を始め商業施設や医療施設の整った、近代的な新しい街づくりの仕事に携わっていた。

母は私が中学三年生の秋に亡くなった。すい臓にがんが見つかった時には、もう病気はかなり進行していた。

それでも母はまだ四十代で、思春期の娘と、何とも間抜けな頼りない夫を残して死ぬわけにはいかないと、病気と闘う決意をする。

がんの摘出手術を受ける前に「頑張ってくるね！」とガッツポーズをして手術室に入っていったのだが、それきりだった。母親が私たちの前に、目を開けて戻ってくることはなかった。

母の死の直後、父はいきなり白髪が増えて、その白髪も頭頂部だけみるみる抜けていき、ほぼ今の容姿になった。そう、茶色いクマさんがシロクマさんになってしまったのだ。

そして、どんどん老け込んでいく父を見ていたら、母の死を悲しんでばかりもいられないと思い、父の前ではなるべく元気に振舞った。

父にはまだ、元気で生きていてほしかった。それ以降、私は母の代わりに父を支えようと思い、実際にそうしてきたつもりだ。

時代は常に変わるものだが、ここ数年の父親はすっかり取り残されていて、本人にも時代の変化について行こうとする気はなくなっていた。

不動産屋になるなんて、学生時代の就職活動の頃にはまったく考えていなかった。土日に休めないようなこの家業が、子供の頃は大嫌いだった。

しかし、周囲からどんどん置いてけぼりになっている父親と、次第に仕事が減って行く不動産屋と、物理的にも本当に屋根が斜めに傾いてしまっている木造の家屋を見ていたら、私がやらなくちゃ、と思い立ったのだ。キャリアを捨てて、こんな東京の隙間にある、鰹だしの香りにする町に戻ってきて、小さな不動産屋を継ぐなんて。我ながらなんて親孝行な娘なんだろうと、自分で自分に感心してしまう。

これってなんだろう？　親子の愛情というより使命感に近い感じ。

そうそう、今は「西池エステート」だが、父が営んでいる時は「晴レ晴レ住宅」という商号だった。

だが、なんだかふざけた感じがするし、池袋駅の西口に「ガールズバー　ハレハレ」

という大きなネオンサインが出た頃から、家の看板が恥ずかしくなっていた。

なので、引き継いだその日から、もっと今時の会社らしい社名にしたいと思い、看板を「西池エステート」に変えた。

とにかくすべてを会社らしくしたかった。毛玉だらけのカーディガンにサンダル履きの父に対して、私は黒か紺のスーツを着て革靴を履く。髪だって毎朝ブローしてきちんと整え、会社勤めの時と同じようにメイクを施す。

そんな私の格好を見て父は「一階に下りて行くだけだろ」と笑った。


「そうそう、竹本荘の205号室、引っ越しはいつだ？」

ソファでゴロゴロと横になり、ハゲた頭を撫でながら父は私に聞いた。オフィスの空気がだらけるから、せめてソファで寝転がるのはやめてほしいと思うが、言うとまた、ごちゃごちゃうるさいので、簡単に返答した。

「来月七日の日曜だって」

「えぇっ！　張り紙、出してないじゃないか。退去が決まったら、すぐ店に張り紙を出さなきゃ～」

竹本荘は、築五十年のボロアパートだ。六畳一間でトイレは共同、もちろん風呂無し。今時、こんな所に住みたい人がいるのだろうか？　と思うような物件だが、池袋駅まで歩いて十分で行ける上に静かな住宅街にあり、いつも満室になっている。

「まだ先じゃない。でも、ネットには出したよ」そう言うと、父は「ダメだ、ダメだ、インターネットなんか」と首を振った。

「あそこは西向きだが日当たりがいい。自転車置き場もある。それなのに安い！」

「知ってるよ。そんなこと」

「おまえは全然、わかってない」

出たよ。二言目には「おまえは全然、わかってない」だ。

私に言わせれば、潰れそうになっている店を細々と営んでいる父親の方が「ビジネスってものが全然わかっていない」のだ。同じように大きく首を振りながら言ってやりたい。

「ほら、すぐに書け！」

「今、請求書を作っているから。これが終わったらね」

私は今、パソコンで請求書を作っている。張り紙を作るには、それを途中でやめてチラシ作製用のソフトを立ち上げなければならない。「すぐに」と言われても、請求書の作成を途中でやめることも、新しいソフトを立ち上げることも、それは効率の悪い作業じゃないか。

しかし、気が短い父親はイライラしながら、太書き用のマジックペンを私の目の前に置いた。

「手書きでいいんだ。すぐに出せって」

私はわざとチッと舌打ちをして、「竹本荘２０５　六畳　三万七千円　日当たり良好」と書き、ふてくされた顔で椅子から立ち上がり、その紙を店先に貼りに行った。


父の日常は、地元の祭りの手伝いを始め、商店街の新年会の幹事から年末の火の用心の見回りまで、地域のボランティアのような活動で一年が過ぎていく。

たまに「仕事、仕事」と忙しそうにしているかと思えば、大学生の部屋探しに丸々三日もつきあったりしている。ほとんど儲からない仕事だ。

それでも昔は学生もお得意様だった。この辺には立教大学があり、専門学校も結構な数である。地方から出てきた学生がたくさん住んでいるのだ。

あまり知られていないが、国立の東京芸大の合格率が高いと評判の美術大学専門の予備校も近くにあって、そこに通う浪人生も多い。

そういえば父は昔、そこの予備校生の一人を我が家の夕食に毎日招いていたことがあった。

アパートの更新で来た男が、カウンターの前で急に貧血でフラッと倒れたのだ。しばらくソファで横にならせた後、話を聞くと、芸大目指して浪人三年目で仕送りも少なく、毎日パンの耳しか食べていないと言った。

なんでも木炭画を描く時に、食パンの白い部分を消しゴム代わりにするのだが、耳の部分は使わないので、それを主な食糧にしていたそうだ。

そんな苦学生ぶりに心を動かされた父親は「夕食はうちに来い」と誘い、それからは毎日、キッチンテーブルの私の向かいの席に、髭モジャの男が座って母親の作った料理を黙々と食べていた。

無口な青年は父の質問に「はい」か「いいえ」、もしくは単語で答えるだけで、子供ながらに「妙ちくりんな奴」と思っていた。

その人の名前は覚えていない。ただ、骨と皮だけしかないように痩せていて、もじゃもじゃの髭が印象的だった。

私は心の中で「モジャパン」と呼んでいた。髭がもじゃもじゃしていて、パンばかり食べている人だからだ。子供の発想は実に単純。

モジャパンは、ある日、店の前に「ありがとうございました」とだけ書いたメモを貼り付けて姿を見せなくなった。

木炭で画用紙のきれっぱしに書かれたその字はあまりにも汚くて、それを見ると合格して大学生になれたとは思えなかった。だから、家族で勝手に田舎に帰ったのだろうと決めつけていた。

十年経って、私が高校生の頃だった。モジャパンのことなんか、すっかり忘れていた。ある日、学校に行く前に父と朝食を食べながらボーっと見ているテレビに、なんと、モジャパンが現れた。

ニューヨークで活躍する書道芸術家として、あの頃と同じ髭モジャのまま。

「ジャパニーズ・カリグラフィー・アーチスト！」

と紹介された後、たたみ二十畳位の大きさの紙の上を、巨大な筆を抱きしめるようにしてモジャパンは走り回った。

一体、何の字を書いているのか？　いや、そもそも字を書いているのかもわからない。とにかくモジャパンは、額に汗をかき眉間に血管を浮かせて、「ダァーーッ！」と叫びながら走っていた。

ようやく、でき上がった字が俯瞰で映され、画面にアップになった。それは漢字でもひらがなでもなく、カタカナで「パン」だった。

私と父は思わず「ブッ」と吹き出してしまった。

「モジャパン、まだパンが好きなんだ」

そう言うと、父はうんうんと頷いた後、

「俺は、こいつは大物になると思ってたよ。死んだお母さんに、この姿を見せたかったなぁ」と言った。

嘘つけ、と思った。母親は一年前に亡くなっていたので、確かにこのモジャパンの姿を見たら、我が子のように喜んだだろう。しかし「大物になると思っていた」ことは、これっぽっちもなかったくせに。

あの時、木炭で書かれた店先のメモを見ながら
「人間、あきらめることも大事だな」って、しみじみと言ってたくせに。

テレビではブロンドの女性司会者が、通訳を通して、何を書いたのか、そしてまた、その意味を彼に尋ねていた。

モジャパンは一言、日本語で「パン」と答えた。

通訳はモジャパンのプロデュースをしている人のようで、神妙な顔で加えた。

「パンは彼の体、彼の精神、そのものです」

「あ、わかるわかる、モジャパンはパンでできてた」

テレビに私が突っ込むと、父は「ガハハハハ」と、のけぞって笑った。

キリスト教ではワインとパンがキリストの血と肉にたとえられるせいか、観客たちは宗教的な意味を感じとり、「ほぉー」とため息と共に会場は厳かな雰囲気に包まれた。

それがまた可笑しくて、私と父はテレビの前で、お腹が痛くなるほど笑った。

まぁ、そんなこんなで、父のお調子者で面倒見のいい性格から、長いつきあいのお得意様が何件かいて、私は大学まで行かせてもらうことができた。

しかし、時代の波もあり、このまま父のやり方を続けていたら、きっとこの店はあと数年で潰れてしまっただろう。

父親のやり方は古すぎる。「人に愛されてナンボや」というのが父の口癖だ。これは今までも耳にタコができるほど聞いている。

生まれも育ちもこの西池袋のくせに、「ナンボや」ってなんだよ。聞くたびに「なんでそこだけ関西人やねん！」って、ついこちらも関西弁で突っ込みたくなってしまう。

五月になったばかりだというのに、最近はずいぶんと日差しの強さが感じられる。

朝晩はまだ涼しくても昼間は汗ばむ陽気だ。

店先で貼り紙の端に、テープをペタペタつけていると後ろから声がした。

「すみません。竹本荘の部屋、空いたんですね」

振り返ると、中年の男が立っていた。

「あ〜、ええ。でも、入居者の退去予定が二週間後で。それからクリーニングをするので、入居できるのは、その後なんですが」

「ぼく、借ります」

あらら、早くも次の入居者が決定してしまった。男性は今、東南向きのアパートに住んでいるそうだが、仕事柄、昼過ぎに起きる生活スタイルに合わないらしい。

寝ついた時間に朝日が射しこみ、起きる頃にはもう部屋の中に日が当たらない。布団を干せないこともストレスになっていて、毎日、駅へ向かう道すがら竹本荘を見ながら「ここだったらよかったのに」と、ずっと思っていたそうだ。

インターネットに間取り付きで掲載して一週間経つが、問い合わせは一件も来ていない。

しかし父の言う通り、店先に出したとたん、紙を貼る間もなく、すぐに次の入居者が決まってしまった。

「ほぉら、みろ」

その男性が帰ってから、ソファでふんぞり返り、父親がドヤ顔で言い放った。

「家にはな、顔ってもんがあるんだ。築年月や平米数みたいな広告に出せる数字とは関係ない、人に好かれる顔ってもんがな」

父は得意気だった。鼻を膨らませて、ふんっと息を噴き出した。

く、くやしい。でも、あながち父親の言うことも間違っていなかったのだ。

「あー、そうですかー」

私は、そんなのたいしたことないよ、とばかりに、すぐにまたパソコンのキーボードを打ち始めた。

「そしてな。不動産屋は一度限りのつきあいじゃなくて、何度も家探しを頼まれてナンボだ」

「わかってるよ。どんなビジネスにもリピーターは大切だって」

「『わかってる』っていうのはお前の口癖だが、全然、わかってない」

たしかに私は「わかってる」が口癖になってしまっている。でも、それは何度も同じことを言う父親のせいだ。

さらに父は腕を組み、大きくため息をついて言った。

「お前には、まだまだ店をまかせられんな」

カッチーン！　頭の中でゴングが鳴り、思わず声を荒げた。

「よく言うよ！　私がやらなかったら潰れてたじゃん！」

「潰れそうだっただけで、潰れなかっただろ」

それは自慢することか？　自分のダメっぷりを棚に上げて。エラそうに。

「クリーニング屋の奥さん。部屋探しを頼んできただろ？」

「うん、二人目が生まれるんだって」

「初めて来た時は、まだ独身のＯＬさんだった。池袋駅近くの大手チェーンで暗〜い物件をしつこく勧められた後、うちに来たって言っててな」

この話は前にも聞いたけど、まぁ、知らないフリをしておこう。

なんでも、なかなか入居者が決まらない物件には、入居成立に対して報奨金をつけるオーナーもいるそうだ。

そうすると不動産屋の社員は報奨金に味をしめてしまい、報奨金がつかない普通の物件を紹介するのがバカらしくなって、報奨金物件ばかりを押し付けることがあるらしい。

しかし、元々、騒音だの日当たりだの防犯だのに問題があるから、その物件は人気が無いわけだ。

　社員の出入りの激しい会社だと、担当者が次にそのお客さんに会う確率も低いから、結構、そういうことは多いらしい。結局のところ、お客さんは、あまりよろしくない物件を契約させせられて損をしてしまう。

　クリーニング屋の奥さんは独身の頃、一人暮らし用の部屋を探していて、そういう不動産屋を訪ねて嫌な思いをした後に、うちにやってきた。

「俺があの時、いい部屋を紹介したから、あの人は、ずっとこの辺に住み続けて、クリーニング屋の店長と結婚して、引っ越しの度にうちに来るんだ」

　いつも最後にはこのように、「俺がいい部屋を紹介したから」という、父親の自慢につながる。

「実際、よかったのかわからないけどね。クリーニング屋の雇われ店長に惚れられて、一生この辺にいるのが」

「いいじゃないか？　今度、二人目が生まれるって。幸せじゃないか」

　父は「自分が愛のキューピットだった」と思っているが、私にはクリーニング屋の兄ちゃんと結婚して一生をこの町で暮らすのがいいのかどうかは、甚だ疑問だ。だが、あの奥さんがうちのリピーターになっていることは間違いなかった。

今度の依頼は、彼女にとって三度目の引っ越しだ。独身時代に初めてうちに来た時、結婚する時、そして今度。「子供が増えるから、もう少し広い部屋に移りたいの」と言ってきた。

うちが気に入られているかはわからないが、少なくとも嫌な思いはさせていないし、信頼もされているんだと思う。

さて、次に店に入って来たのは、客ではなく従妹の瑞希だった。今では店の従業員の一人である。今年二十三才になるのだが、これがまたまったく仕事ができない。

瑞希の髪型はボブというよりも、ただ無精に前髪が長いだけのおかっぱ頭だ。日光を避けるようなインドアな暮らしが元々白い肌をさらに白くし、真っ黒な髪の毛と合わさって、夜中に毛が伸びるという「お菊人形」を彷彿とさせる。猫背で滑るように歩くので、その姿は、まるでお菊人形がスーッと移動しているようである。

「や、みーちゃん！　おはよう！」

父が瑞希に手を振りながら満面の笑顔を見せた。

しかし、瑞希は猫背をさらに丸めるように俯いたまま、父と目を合わせようともせずに自分の席に大きなリュックを置いた。

返事をしないからといって、瑞希は別に叔父である父がキライなわけではない。瑞希は自分の母親にさえ同じような態度をとる。彼女は誰ともまともに目を合わせられないのだ。

実はこの瑞希。ほんの一年前まで引きこもりだった。高校を卒業した後、幼稚園の先生になると夢を抱いて短大に進んだが、幼稚園の実習で四才児たちからいじめに遭い、そのショックでもう短大へは行かなくなった。

それからは坂を転がるように引きこもり街道一直線。しかし引きこもりといっても、夜中になればアニメ雑誌の新刊を買いにコンビニに出かけて行くし、時々、秋葉原やコミケに遠征することもあるので、ただの怠け者ではないか？　というくらいのインチキくさい引きこもりなのだ。

それでもとにかく、瑞希の同級生たちが、立派に社会人として働き始めたのを見て焦ったおばちゃんが私に、

「凜子ちゃん、瑞希を社会人として教育してやって。まともな大人にしてほしいの」

と、泣きを入れてきたのだった。それで、私が面倒を見ることになったわけだが、瑞希はこうして平気で毎日のように遅刻してくる。

「瑞希！　今、何時？」

「そうね。だいたいね」

瑞希は平気な顔で、歌の歌詞の調子で答えた。私はまた聞く。

「今、何時？」

「ちょっと待ってて～」

瑞希はリュックのファスナーを開けて、いろいろな物がグチャグチャに入った中に手を突っ込み携帯を探した。

「時間という手錠に縛られているみたいで、冷や汗が出るから」

そんな理由から瑞希は腕時計をしない。だから時間を知るためにいちいち携帯を出さなければならないのだ。壁に大きな時計がかかっているのだが、瑞希はそれを見ようともしない。

「待ってて、じゃねーよ！　もう、十一時なの！　一時間以上も遅刻！　あんたの給料から引いておくからね」

瑞希は「ひっ」と声にならないような声を出し、倒れ込むように椅子に座った。そしてパーカーのフードを頭までかぶり、ブツブツ独り言をつぶやき始めた。

「鬼……鬼……。凜子ちゃんが怒っているのは邪悪な小人のせいだ。だから私をいじめるのだ……私は、この妖怪鬼ババを許さなければならない」

瑞希は普通の人が聞き取れないくらいの小さな声でつぶやいていたが、自分の悪口というのはしっかり聞こえるものなのだ。

しかも、「許す」って。なんたる上から目線！　ついカッとなって、

「なんだとー！」と大きな声を出しながら、瑞希の机をバンッとたたいた。

「ひーっ！」

瑞希は今度は声を出して頭を手で覆った。

「ごめんなさい、凜子ちゃん！　あ、そうだそうだ。昨日、凜子ちゃんが留守の時に山中さんから電話がありました」

瑞希は話をそらすように、話題を変えてきた。

「山中？　どこの山中よ？」

「プレシャス白金808号室の山中さんです」

それは、白金の高級マンションの一室に住まわせているアルバイトだった。

なぜ、高級マンションにアルバイト代を出して住まわせるのか？　普通の人は疑問を持つだろう。

プレシャス白金808号室は地下鉄の白金高輪駅から徒歩四分という好立地にある。広さは九十平米、南向きの3LDK。もちろんオートロックで日勤の管理人もいる。

築十年は経っているが、都心に仕事を持つ高収入のファミリー層なら、ぜひとも住みたい物件だ。

しかし、この部屋には人が入らないのだ。いや、ここの隣の部屋でも、その話をしたら、誰も入らないだろう。

実はこの部屋で、一か月前に心中騒動があったのだ。夫の愛人問題で心を病んだ妻が、夜中に家族全員を刺殺した。その後、夫の愛人を呼び出して、愛人も部屋で殺した後、自殺を図った。現場はまさに血の海だったそうだ。

そういう部屋は、どんなに良い物件でもなかなか次の入居が決まらない。この「プレシャス白金」は世帯主の弟に遺産相続されたが、弟にしても兄が殺されたこんな部屋に住みたくない。早く売り払って忘れてしまいたかった。

しかし大金をはたいて、縁起の悪い物件など誰も買いたくないのだ。それがたとえ、人気の高級住宅街だとしてもだ。

だから、西池エステートでまずは相場よりもずっと安く買い取り、その悪いイメージを一新してから相場の値段で売るのだ。

通常は一か月〜半年ほど、アルバイトを雇って住まわせて、近所の住民や世間の印象を変える。しかし、孤独死くらいなら一〜二か月で済むが、今回は凄惨を極める事件だっただけに、半年では済まないかもしれない。

実は父から仕事を引き継いで以来、私はこの「ワケあり物件」を扱うことで売上げを上げてきた。

地元のみならずあちらこちらに「ワケあり物件を扱う会社」という評判は広がっていき、今では地方からも相談が寄せられる。

地方の場合は、先祖代々、その土地に暮らしている住民も多く、噂が消えるのに都心の何倍もの時間が必要になる。

すべての物件が一か月位のアルバイトでイメージチェンジができれば楽だが、一つひとつ、ワケありの内容も違うので、その物件にあったきめ細かい対応が必要なのだ。

「で？　山中さん、何だって？」

「バイト辞めるって。てか、もう部屋を出たって言ってました」

「えーっ！　だって山中さん。『ぜぇんぜぇん平気～。こんな素敵なマンションに住めるなんて夢みたぁ～い』って言ってたじゃない」

山中由加里の職業は会社勤めのＯＬだ。ブランド好きで、給料の多くを靴やバッグに使ってしまうため、それまで住まいや食事は切り詰めて、風呂無しアパートに住んでいた。だから、この話には「棚からぼた餅」とばかりに、とても喜んでいたのだ。

同じマンションの人に会ったら明るく挨拶してほしい、というこちらの要求も、人懐っこくて外交的な性格から、「ぜぇんぜんＯＫですぅ」と引き受けてくれたのに。

「夜中に女の人のすすり泣きが聞こえるんだって」。瑞希が言った。

「そんなん幻聴に決まってんじゃない。さもなくば、マンション全体の配管の不具合でしょ」

人間というのは何か恐ろしいことを知ると、なんでも幽霊とか心霊現象に結び付けてしまう。

事件のことを黙ったまま住まわせて、後で訴えられたりしたら困るので、私はきちんと詳細を伝えたのだが、それが彼女の頭の中に「恐怖」として植えつけられてしまったのだ。

それにしても、山中由加里。一週間で音を上げるなんて早すぎる！　すぐに電話を入れた。

「山中さ〜ん、もう少し我慢できないですか？」

できるだけ優しく、お願いする。

「無理です」。山中由加里は即答した。

その後は日給を上げるとか、入居者持ちにしている光熱費も会社が持つ、など交渉してみたのだが、「無理」の一点張りだった。

「日数分のバイト代は振り込んでくださいね」

山中由加里は最後にしっかりとバイト代の念を押して電話を切った。

手に持ったままの受話器の向こうに、プー、プー、という音を聞きながら、私は大きなため息をついた。

「瑞希。山中さんのバイト代、計算して」

ふと瑞希を見ると、瑞希はまたブツブツ言いながら、ノートパソコンの上に、何とか戦隊のフィギュアを並べていた。

こいつは本当に仕事をしに来ているのか？　こんなもん置いたら、パソコンで仕事ができないじゃないか！　てか、会社にフィギュアとか持ってくるか？

「瑞希ーっ！　何やってんの！」

「うん、あのね。レンジャーたちを近くに置いておけば、地球と一緒に私も守ってもらえるかなぁ～と思って」

「はぁ？　パソコン、使えないじゃない！」

「あ……、そう言われれば」

「もう！　こんなもん、どかしてよ！　山中由加里の給料、計算するの！」

私は並べられたフィギュアをダーッと床に落とした。

「びひゃぁ～！　凜子ちゃん！　ひどい！」

瑞希はすぐに、しゃがんで床に散らばったフィギュアを、一つひとつ拾い始めた。

そして私をキッと睨みつけた。

「こんなこと！　ひどすぎる！　凜子ちゃんは意地悪だ！」

自分を正義だと決めてかかっている瑞希の態度に、またまたムカッ！

「凜子ちゃんは昔から意地悪だったよ」

さらに瑞希はついでとばかりに昔の恨みつらみを訴え始めた。

「『マンガ貸して』って言っても、貸してくれなかったし」

「あれはアンタが返さないから」

瑞希は、子供の頃の私がとっくに忘れてしまった日常の小さな揉め事を「あーだった、こーだった」と言い始め、さらにこんなことまで。

「あとさ、小学校の時、私が可愛がってたタイ焼き、食べちゃったじゃない？」

は？　タイ焼きを食べるのは悪いことなのか？　なんだか頭が混乱してきた。

「いや、タイ焼きって可愛がるもんじゃなくて、食べるもんだから」

「そんなの誰が決めたの？」

だめだ、こいつと喋っていると、こっちの常識まで狂ってくる。その時、いい事を思いついた。瑞希をプレシャス白金の808号室に住まわせちゃえばいい。そうすれば瑞希の顔を見ないで済むし、こうやっていちいちカッカすることもなくなる。事務所の電話番なら、もっと普通の感覚のアルバイトを雇えばいい。

言い返したい気持ちをぐっと抑えて、穏やかに瑞希に謝った。

「うん、あの時は私が悪かった。ごめんね、瑞希、可愛がってたのにね」

言い返されると思って構えていた瑞希は肩透かしを食らったようで「は?」という顔になった。

「そうだ、遅刻なんか気にしなくていい、いくらでも好きな場所にフィギュアを飾れる、そんな仕事をしない? ねぇ、そうしよう」

瑞希は拾い上げたナントカ戦隊たちをギュッと抱きしめた。

「凜子ちゃん。怪しい。何を企んでるの?」

「怪しくないよ。ただ。ほら、山中さんが出てったからね。瑞希、プレシャス白金に住んでもいいよ。特別だよ」

「やだ!」

瑞希は即座に拒絶した。

「なんで？　高級マンションだよ。きれいな出窓があってさぁ、そこにレンジャーさんたちを置いてあげればいいじゃない？」

「やだ！　幽霊、見たくないもん」

「そんなもん、いないから。大丈夫だって」

私は相撲取りが対戦相手を土俵から追い出すように、張り手をしながら瑞希を出口に追い詰めていく。バシ、バシ、バシ！

「やだ、やだ、やだ！」

瑞希は事務所の引き戸にしがみついて、追い出されないように足を踏ん張った。

「ほれ、行け！　ほれ！」。バシ、バシ、バシ！

私は瑞希を外に追い出そうと出入り口で張り手を続けていた。すると、父親が私の肩をポンとたたいた。

「凜子、もうやめとけ。みーちゃん、泣きそうじゃないか」

そう言われて、瑞希を攻撃する手が一瞬、緩んでしまった。と、その隙に瑞希はサッサと自分の席まで戻って行った。

「もう遅刻しないから。レンジャーさんもパソコンの上には置かないから。プレシャス白金は勘弁して」

瑞希は両手を合わせて泣きそうな顔で私に懇願した。

その姿を見ながら父親は、瑞希をかばった。

「こんなに嫌がっている人を入れちゃだめだぞ」

「だって……」

「またスタートに戻って、アルバイトを募集すればいいじゃないか」と父は私を諭した。

「わかったわよ」

面白くないが仕方ない。わかっているが面白くない。

私は「くっそー」と汚い言葉を吐きながら、アルバイト募集の広告をインターネットに掲載するためにパソコンに向かった。


アルバイト募集の広告を出した後、一週間が過ぎても応募者は無かった。応募者どころか問い合わせの一つも無かった。

瑞希は相変わらず遅刻してくるし、パソコンにフィギュアを飾らなくなったものの、リュックいっぱいに何やらオモチャを持ってくるのは治らなかった。

本当はあいつを入居させて目の前から消してしまいたいが、父が瑞希をかばうので仕方がない。それに父は、「プレシャス白金にみーちゃんを入れても、近所のイメージアップにならない」という意見も持っていた。

確かに部屋のイメージを明るく一新するのが目的なのに、誰とも目を合わせられない暗い女が部屋から出てくるのを見たら、「新しい入居者は何かに憑りつかれた」と、噂は悪い方に広まっていきそうだ。

瑞希を住まわせる線は無しとしても、アルバイトが見つからなければどんどん日が過ぎてしまう。

誰も入らなくて空室のままだと、それはそれで「誰もいない部屋から気持ち悪い声が」とか、気味の悪い作り話が生まれてしまうものだ。

日々の仕事をこなしながら、そのことで頭を抱えていた。

「西池公園でホームレスをスカウトしてくるとか。どうかな?」

苦肉の策を父に相談してみた。しかし父は、ソファの前にあるテレビに映るNHKの大河ドラマから目を離さず、

「そんなん、みーちゃんより性質が悪いわ」と、すぐに却下した。

季節は五月の初夏だが、夜になるとまだ肌寒くて、自分のクシャミで寒さと空腹に気が付いた。時計の針は八時を指していた。瑞希が五時に帰ってから、もう三時間も経ったのか。

「お腹、空いたぁ……」

独り言のようにつぶやくと、父が言った。

「そろそろ店閉めて、飯でも食おう」

「そうね。あ、店じゃなくてオフィスって呼んでね」

何度言っても覚えないおやじだな。呆れつつ、いつものように教えた。

「はいはい、きびしー社長だなぁ」

父もいつもと同じように、面倒くさそうな言い方で同じせりふを返してきた。

そして私が引き戸のカーテンを閉めようとした時、一人の男が走ってきた。

「ちょっと、待ってください！　部屋を借りたいんです」

お腹が空いて、もう今日は働きたくないな、と思っていたので男に気が付かないふりをしてカーテンを閉めようとしたが、父親が条件反射の様に「いらっしゃいませー！」と明るく大きな声を出した。

仕方なくカーテンを開け、さっき閉めたばかりの引き戸の鍵を再び開けて、「いらっしゃい」と言いながら、その若い男を中に入れた。

身長一九〇センチくらいあるだろうか？　無駄に背が高いその男は、ひょいっと頭を下げて入り口をくぐり店の中に入った。

男は短髪だったが後頭部の髪の毛が寝ぐせのようにピンと跳ねていた。人からどう見られるかを気にしないタイプなのか。単にぼんやりしているのか。丸顔で、まだ社会に揉まれていないような、あどけなさがあった。

パッと見の印象から、彼を若い男だと勝手に決めた。

「予算と、ご希望の条件は？」。私は事務的に尋ねる。

「四万五千円。すぐに入れる部屋ならどこでも」

大学生かな？　でも立教大学の学生にしちゃ、イベントでもらったような、米だか新幹線だか、なんだかよくわからない「ななつぼし」という名入りのTシャツを着ていて、あか抜けない。またモジャパンみたいな浪人生かな？

仕事柄、その人に適した部屋を紹介するため、まずは相手の人物像を探る癖がついていた。

「親御さんに相談した？」

「え？　してませんけど」

「未成年じゃなくても学生だったら、まず親に許可をとってね。家賃を払うのは親御さんなんだから」

最近の学生には、ちょっとした事が気に入らなくて引っ越したがる子もいる。

例えば、窓をあけると電線が見えて目障りだとか、コンビニが近いのがいいと言ったくせに、住み始めるとコンビニのネオンが夜も眩しくて眠れないとか。そのくらい、我慢しろよ！　と思うことが多い。

それでも、仲介料を収入源とする不動産屋にとってはありがたい客なのだが、勝手に引っ越し先を決めた後に親と揉め、結局「契約取りやめ」ということもよくあるのだ。

「あ、いや僕、三十一なんすけど」

男はきょとんとしていた。や、やばい！　てっきり学生かと思って、上から目線で説教かましてしまった。

「さ、左様でございますか。あ、いや、お若く、見えますね、ホホホ」

汗をかきながら丁寧な言葉を使い始めたが、すでに遅すぎたか!?　気を悪くして他の店に行っちゃうかもしれない。少々、焦った。しかし、

「よく言われるんで。慣れてます。それで、できればこれからすぐにでも入りたいんですけど」と男は本当に気にしていない様子で話し始めた。よかった、とりあえず、気を悪くはしていないようだ。

しかし、今すぐに入れる物件というのは実はかなり難しい。今空き部屋になっていても、まずは申し込みをしてもらって、支払い能力があるかどうかを審査し、連帯保

証人はいるか、もしくは連帯保証会社と契約してもらう必要がある。

　それらを済ませてからオーナーさんに「こういう方が申し込みたいそうですが入れますか」と尋ねて、承認を得なければならない。早くても三日はかかるのだ。

「う～ん、むずかしいですね……。ほら、チラシに『即入居可』って書いてあっても、手続きがあって……」と、男に事情を説明する。

「そうですか。じゃあ、しばらくネットカフェ暮らしだな……」

　男はがっくりと肩を落とした。

「あのぅ、立ち入ったことかもしれませんが、なぜ、すぐにでも入れる部屋を探しているんですか？」

　これからすぐにでも入居したいと言っている男の事情が気になった。

「ルームシェアしている友達が彼女を連れ込んじゃって」

「それっぽっちで、部屋を出て引っ越しちゃうんですか？　今日だけカプセルホテルにでも行けばいいじゃないですか」

「いいえ、連れ込んだって言うか。その彼女さん、まとまった荷物を持って、友達と一緒に暮らすつもりで田舎から出て来ちゃったんです」

　なるほど、邪魔者であることを自覚したのか。それでもこの人は元からの住民なんだし、もっと権利を主張した方が良い。

「それで、出ていくって。あなた人が良すぎません？」

余計なお世話かもしれないが、つい意見してしまった。

「う〜ん、でも。ごねて一緒に暮らしているのもバツが悪いし。つまらないことで友達と揉めたくないし。まぁ、あと半年で更新なので、それからは、別々に暮らすつもりだったし」

「友達の方が彼女を連れて、外に行くべきでしょう！」

煮え切らない男の腕を、むずっと掴んだ。私が一緒にそのアパートに行って、男の友達に、男の代わりに言ってやろう、などと思ってしまったのだ。

「どこですか？　アパートは」と聞いて外に出ると、男は店の向かいのアパートを「ここ」と指さした。

すると、昼のドラマのワンシーンのように、二階の窓のカーテン越しに重なる男女のシルエットがくっきり見えた。

「うっ！」

正直、ビビった。私の足はすくんでしまった。

「いいですよ、もう。すみません、閉店間際に」

そんな私を見て男は行くあてもないのに、池袋駅の方に歩いて行った。少し冷える初夏の夜に、その背中がとても寂しそうに見えた。

そこへ店から父親が出てきて、私に耳打ちをした。

「プレシャス白金をすすめろよ」

そうだ！　あそこならすぐに入れる！

「ちょっと、待って！」。男を呼び止めた。

「忘れ物でもしました？」

「ううん、すぐに入れる物件があるんです」

そう、プレシャス白金のワケあり部屋は、うちが持っている物件だし、本当に今すぐにでも入ってくれる人を募集しているのだ。

でも……。呼び戻してから、不安になった。事情を聞いて、怒りだしたりしないだろうか。まずは、良い点だけを先に話そう。

「ステキな高級マンションですよ。今すぐに入れます」

「無理す」

あ……断られた。だよね、誰も住みたがらないよね。すすり泣きが聞こえるなんて曰くつきの部屋……。

しかし、父を見ると、「もっと押せ、押せ」と、手振り身振りで合図している。

「俺、金無いすから。高級マンションなんてとんでもないです」

あぁ、そういうことか。そういえば私はまだ、心中のあったワケあり物件だと彼に一言も言ってなかった。

「家賃はタダです！……でも、ワケありでしてね」

男の顔が一瞬、曇った。ダメか？　無理か？

半分、あきらめながら事件の概要を説明した。誰がどこの部屋で、どう殺されたかという警察発表の内容を、ごまかすことなく細かく伝えた。

「無理ですよね？」

断りやすいような聞き方で確認すると男は返事を返した。

「全然、大丈夫です」

男の名前は福田昇平といった。以前はメーカーで会社員をしていたらしいが、今は失業保険をもらいながらアルバイトで暮らしているらしい。

贅沢はできないが、とりあえず福田が一人生きていける程度の収入はあるようだった。

家賃無料で少々のアルバイト代と、使った光熱費まで会社が持つという話をしたら、「ここに来て本当によかった～！」と目を輝かせていた。

「前のアルバイトの人は、夜中になるとすすり泣きが聞こえるって辞めたんですよ」

一応、山中由加里の体験談も話してみた。彼女だって、初めはこの人と同じように、この物件に住むことを手放しで喜んでいたのだ。

「まずは物件を見てから、決めた方がいいですよ」

そう言って私は、福田を車に乗せてプレシャス白金に連れて行った。マンションはライトアップされていて、昼間見るよりも高級感を醸し出している。

「うわっ！　すげ〜！」

「外観もいいんですけどね。まぁ、中に入ってから決めてください」

部屋の鍵を開けて、電気をつけた。

「すげ〜！　もう、すすり泣きでも号泣でも、なんでも来い！　です」

部屋に入るなり福田はそう喜んだが、私はまだこの男を信用していなかった。また、山中さんみたいに一週間で音を上げるんじゃないの？　そう思っていた。

「バイト代は二十日締めで月末振込です。これが鍵です。電気は今日から使えますけどガスは止まってますからね。明日、こちらで手配しておきます」

私はそのまま、部屋に福田を置いて帰って来た。

数日後、会社に現れた福田に怪奇現象のことを聞いてみたが、

「なんにもないです。全然、快適です」と、にこにこしていた。

「そうよね、あるわけないわよね」

心底ホッとした。やっと、健常な心の持ち主が入ってくれた。

しかし、ちょっとした書類を届けに行った瑞希が戻って来て、怪奇現象に遭ったと騒いだ。

「やっぱり、すすり泣きが聞こえるよぉ。恐かったよぉ〜」

「えぇ〜!」

この場合の私の「えぇ〜!」は、怪奇音のことではなく、福田が出て行ってしまうんじゃないか、という心配から出た声だった。

「福田くん、嫌がってた?」

「ううん、全然」

拍子抜けした。またアルバイト探しか〜と、落胆しかけたのだが。

「『聞こえますよね?』って聞いたら、『聞こえないなぁ。君が聞こえるとしたら、ん〜、若者だけが聞こえるモスキート音っていうのかな。他の部屋の家電から出る音じゃない?　でもオレ、もう三十過ぎだし。聞こえないよ〜』とか、笑いながら言ってた」

福田昇平。三十一才。ルームシェアしていた部屋を友達の彼女に追い出されるという、何とも間抜けな青年。その上、みんなが怖がることもまったくインプットされない鈍感さ。不思議な大物だ。

「あの人、変だよね、神経、図太すぎるよね」と、瑞希も福田に驚いていた。

いや、変なのはお前だよ、と心の中で瑞希に突っ込みつつ、お父さんと瑞希の他に、変な人がまた西池エステートに増えてしまった、と私は思った。

ま、とにかく、アルバイトが決まって定着してくれたので、落ち着いて他の仕事ができるようになったのだった。めでたし、めでたし……。

ところが、そんな平和な日々はつかの間だった。

第二章　恋は突然、キンコンカン

「お父さん、くっさい足、邪魔！」

応接セットのテーブルに足を載せている父親のすねをポンッと叩いた。

「臭くねーよ！　水虫も治ったし」

「もう見た目が臭いの。お父さんの足を見ただけで臭いの」

「めちゃくちゃ言うな」

父親は不満そうな顔でテーブルから足を下ろし、私はそこにできた隙間を通ってコピー機に向かって歩いていった。

「あ〜、忙しい、忙しい」

このところ、私は常にそう口走りながら事務所の中を歩きまわっている。

「落ち着かんなー。お前のイライラが移りそうだ」

父親はいつものようにソファにダラッと腰かけていた。

「だって、三時までに銀行に行かなくちゃならないから」

「銀行？　みーちゃんにでも頼んだらいいじゃないか」

「無理！　瑞希じゃ話にならない」

そう、私は銀行に融資を頼もうと思っている。しかも、かなり高額の。父の代の頃は、うちはあまり融資など受けずに、手持ちの資金でやりくりしていたのだが、私は今、ちょっと大きな物件を買い取ろうとしていた。

そこは死体置き場に使われていた五階建てのビルだ。死体置き場なんて相変わらず穏やかでないが、高齢化社会の特徴の一つなのか、最近、都内の葬祭場や火葬場はいつも混雑していて、なかなかすぐに葬儀が行えない。

それで、にわかに増えてきた施設が、葬式前に一時的にご遺体を安置しておく場所だった。大体三日ほど、長ければ二週間も、そこに人間の「屍」を置いておく。

そのビルは目白通り沿いにある。落合や南池袋の斎場に車の便がよく、その立地に大手の葬祭会社が目をつけた。

そして、このビルを一棟全部借りて改装を施し、空調設備などを整えて遺体置き場にしていたのだが、業務が始まったとたん近所の住民から強い反対運動が起こった。

通り沿いの駐車場には毎日のように霊柩車が出入りし、黒服の男たちが棺桶を運び込んでいる。目立つ看板は出していないものの、誰が見ても死体が出入りするビルだとすぐにわかる。

テレビの情報番組でも取り上げられ、住民たちはインタビュアーのマイクに向かって、「何に使われるのか知らされていなかったわよ」「不気味ですね。早く移転してほしいです」と、誰に聞いても不満や不安を訴えた。

テレビスタジオのコメンテーターたちも、「わかるわ～」「自分ちの隣が死体置き場になったら、どうする？」と、住民たちに味方していた。

やがて業者と住民との話し合いの場が設けられる。

「人生のセレモニーのために大切なことで怪しいことは一切ありません」

葬祭会社は業務の必要性を説明し、住民たちに理解を求めた。

「遺体がみなさんの目には触れないように配慮します」と、妥協案も提示されるが、「街のイメージダウン」とか、「棺桶が見えるだけでも嫌だ」とか、「子供が怖がる」など、山ほどの反対理由が出されてしまう。

葬祭会社は最後には、「遺体置場にすることは了解を得ていた。自分たちは賃貸契約の被害者だ！」と、落ち度がなかったことを主張し始めた。

ついには貸したオーナー側が住民側から訴えられるという訴訟問題に発展し、現在、報道はさらにヒートアップしている。

うちの近くでもあるので、一度、そのビルを見学に行ってみることにした。するとテレビや新聞だけでは入手できない情報を得ることができたのだ。

ビルは目白駅から徒歩六分ほどの通り沿いにあった。季節は夏に向かい、街路樹の緑がまぶしく、街全体を明るく見せていた。近くには高級スーパーマーケットやカフェがある。教会が運営している幼稚園もあり、人通りも多い。

この辺りでは、西池袋はやや繁華街、椎名町近辺は下町、落合の住所だと閑静な住宅街、目白界隈は、昔からハイカラな高級住宅地というイメージで区分されている。学習院や名門の女子校があることもあるが、終戦直後に駐日アメリカ人の住居群が建てられていたせいか、目白界隈にはキリスト教の教会がいくつも建っている。子供の頃、私もクリスマスやバザーがあると友達と一緒に遊びに行った。

その度におしゃれな店や大きな洋館を見て、「私もこの辺の子だったらよかったのに」と思ったものだ。

死体置き場のビルは通りに面し、車が四台ほど停められる広さの駐車場を持っていた。配送などで車を使う業者には便利そうだが、棺桶が出入りするのに通り沿いは目立ちすぎる。初めて見た人は一瞬、ギョッとすることだろうし、何回見ていても気持ちの良いものではない。

もしも裁判で住民の訴えが認められなくても、反対運動は続くだろう。そしてこの葬祭会社はきっと、いつか撤退することになるだろう、そう思った。

ビルの前に立っていると、一台の車が駐車場に入って来る。車のボディには葬祭会社の社名が書かれていた。

車の中から黒いスーツの男が降りてきた。きっと、葬祭会社の社員だろう。

「ここテレビに出ているビルですよね」

「その話はちょっと。すみません」

声をかけると、その社員は上司から「取材には答えるな」と言われているようで、手でさえぎってビルの中に入ろうとした。

「私、西池エステートの天宮と申します」

すばやく名刺を見せて、自分がテレビや雑誌の取材ではなく、ワケあり物件を扱う不動産屋の社長であることを手短に話した。

「大変ですね」

自己紹介の最後に労いの言葉をかけると、その社員はガードを緩めた。こちらの会社のことを聞いた後、テレビでは知ることのできない情報をくれた。

現在、葬祭会社は速やかな撤退に向けて動いていること。そしてビルオーナーである企業に対して、その経費負担を求めていること。住民に訴えられてもいるオーナー企業は示談交渉中であること。さらに、このビルをできるだけ早く売り現金を手に入れ、問題を解決したがっていること、など。

ちょっと出かけて行ったことで、今の状況を一通り知ることができたのだった。それらの話を聞いて私にエンジンがかかった！　急がなくちゃ！

示談が成立して報道される前にビルを買い取りたい！　曰く付きの物件でも、大手企業が豊富な資金力でさっさと買い取って、きれいにリニューアルしてしまう。その前に、安い値段でこのビルの売買契約を終えたかった。

そういう訳で最近は、死体置き場のビルを買うために、奔走している。

まずは資金不足を何とかしなければならない。うちには、ビル一棟を買い取るほどの豊富な資金はない。

それで、ここ数日は銀行の融資を取り付けるための資料作りにあけくれていた。

「ちょっと、これのグラフを作って」

瑞希に頼んでみたが、いつまで経っても仕上がってこない。瑞希はパソコンを開けると十分もしないうちに、ゲームを立ち上げている。こいつーーーっ！

彼女に急ぎの仕事は頼めない。もちろん父親に頼んでも無駄だ。計算をするのに、机の引き出しからそろばんを出すことから始める人なのだから。

私は一人で、ここ数年の収支をグラフにしたり、今後の事業計画や売上げ推移などを資料としてまとめる作業をしていた。

会社勤めの時には先輩や同僚と手分けをして作っていたのに。なんだか自営業って大変だな。こういう書類を自分だけで作らないで済むくらいの会社に早くなりたい。

向かいの席で、いただきもののバームクーヘンを一枚一枚、丁寧にはがして食べている瑞希を見ながら、本気でそう思った。

「ちわぁーす」

そこへ福田が現れた。

「これ、おすそ分けです。どうぞ」

福田はいつものように暢気な笑顔で、端っこの破れたヨドバシカメラの紙袋を掲げた。体が大きいので紙袋は小さく見えるが、実際は三〇センチ四方くらいの大きさのものだった。

「ありがとう！　その辺に置いといて」

忙しさのあまり、つれない態度をとってしまった。しかし瑞希はこういう時、野生動物のごとく食べ物には敏感に反応する。

席から立ち上がると、紙袋の置かれたカウンターにサササッと近寄り、袋の中身をのぞき込んだ。

「桃！」

瑞希は単語だけ叫ぶと、ガサガサと袋の中に手を突っ込み、大きな桃を一つ取り出した。

「田舎の親が送ってきたんです。よかったら食べてください」

「悪いわねぇ」

一応、返事はしてみたものの、手を休めることができなかった。

「いやぁ、こちらこそお世話になりっぱなしで」

福田はワケあり部屋のバイトのことを、本当に感謝しているようだった。いやいや、世話なんて本当にしていない。

「いいのよ。別に」

私たちがそんな形式的な挨拶を交わしている間に、瑞希は「桃ってカワイイよねぇ」と、目じりを下げて桃に頬ずりをした。

「イタタタ！」

瑞希が頬を押さえている。桃の皮の細かい毛が、瑞希のほっぺたにチクチクと多量に刺さったようだ。

「チクチク！　痛い！　桃が私をいじめるぅー！」

私は瑞希を放っておいて、プリントした資料に目を通す。

「ぎゃぁー、やばい！」

次に大声を出したのは瑞希ではなく私の方だった。

「なになに？　凜子ちゃんに何かバチがあたった!?」

「うるさい！　間違えた！　ここのページ、全部違う！　間に合わない！」

時間がなくて急いでいるというのに、今頃、間違いがあることに気が付いた。

猫の手も借りたい、いや、この際猫以下の瑞希の手も借りたい。しかし瑞希は、頬っぺたを洗いに洗面所に行ってしまった。

「オレ、やりましょうか？」

福田が私の手元の資料を覗き込んだ。

「できる？」

「エクセルですよね。得意です」

「まかせた！」

簡単に説明してその資料のページを福田に渡した。

少し前まで会社でパソコンを使っていた福田は、カタカタと軽快な音を立てて間違った部分を直していった。

福田がその作業をしている間に、他の資料の最終チェックを済ませた。それらをカバンに詰め込むと、銀行まで猛ダッシュ！

汗びっしょりのまま、滑り込むようにして銀行に入った。


融資の担当者には、なかなか好感触だった。

それは、祖父の代からのつきあいというのもあったのかもしれない。父親も、まぁ、こんな金額を借りたことはないが、信用されていたと思う。しかし何よりも効果的だったのは、私が見せた事業計画書だ。ふふふふ。

「上と相談してからお返事をします」

帰りがけに担当者からそう言われたが、おそらく大丈夫だろう。何とか、その日のうちに融資を申し込むことができた。

一仕事終え、とりあえずホッとした気分だった。会社に戻ると、福田はまだ会社にいて、瑞希と父親と一緒に談笑しながらソファのところで桃を食べていた。

別になんてことのない光景だが、不思議な感じだった。

最近私は、瑞希が人としゃべっている姿をほとんど見たことがない。相変わらず父にも福田にも目を合わせてはいないが、ちゃんと楽しい会話が成立しているようだった。父親は瑞希と福田の会話に相槌を入れながら、これまた楽しそうに笑っていた。

「ただいま」

私の声で三人は一斉にこちらを向いた。そして、偶然にも声を合わせた。

「おかえり」と。


銀行からの連絡は、一週間も経たないうちに届いた。案の定、西池エステートへの融資は承認され、その後、速やかに入金された。

すぐにビルのオーナーに連絡を入れたが、最初はどこかの零細企業の若い女子社員かと思って本気でとりあってもらえなかった。だが、私が代表者で決定権を持っていると知ると、その後の態度は一変する。

物件に関しては、まだ、どこからも買いたいとは言ってきていないようだった。私が「すぐに支払う」と話すと、価格の面でごねられることもなく、契約は成立した。

「いやぁ、助かりました。面倒事はさっさと片付けてしまいたいですから」

契約書に印鑑を押している私を見ながら、オーナーは深々と頭を下げた。面倒事とは、死体置き場のビルに発生した訴訟問題のことをさしている。

私の方も、絶対に欲しいと思っていた物件が手に入り、その達成感は何とも言えなかった。

「ところで今度、レストランのオープニングパーティーがあるのですが、ぜひ天宮さんもいらしてください」

オーナーは封筒入りの招待状を差し出した。中にはセンスの良い創作イタリアンレストランのチラシと地図が入っていた。

せっかくのお誘いだが、「なんか、めんどくさ」と思った。

参加者から高い会費をとり、結局のところ資金集めが目的、なんてパーティーも山のようにある。

大体、私は仕事の用件もなく、大勢の人が集まる場所で知らない人と気の利いた会話をするなどということが、それほど得意な方ではない。

何からまく断る理由を探していた。少しの間、「あ〜……」とか声を発しながら答えないでいると、相手は私の考えを先読みして言った。

「あ、もちろん無料のご招待です」

無料！　問題の一つはクリアできた！　少し心が動いた。

「うちの新しいレストラン事業でして。宣伝をかねて、みなさんに試食していただくのです。気に入っていただければ、店舗展開にご協力いただいて……とは思っていますが」

なるほど、試食会か。久しぶりに美味しい料理にありつけそうだ。いや、しかし、食い意地だけで参加しても場違いでは？

「天宮さんの同業の方々や、若手の起業家がたくさん来ますので、きっとお仕事のお役に立つと思いますよ」

五十代のビルオーナーは御親切にも私の仕事のことを考えて誘ってくれている。

こういう先輩のご厚情は受けた方が良いかもしれない。それに、オーナーが言う通り、顔を広げるのには良い機会だった。

実際、私には同業者の知り合いがあまりいない。父親の昔からのお得意さんには「晴レ晴レの娘さん」として有名だが、それは地元の年寄りばかりだ。最近の、新しい不動産業界の人なんてぜんぜん知らない。

世の中に起業家が大勢いることは知っているが、そんな人は友人の中にも一人もいない。地元で家業のとんかつ屋を継いだ同級生の岸田くんが、地元の自営業者仲間くらいだ。

一緒に商店街の日帰りバスツアー「温泉とトコロテン食べ放題」に参加したが、バスの中はおばちゃんやおじちゃんのカラオケ大会、現地ではトコロテンの早食い競争で岸田に負けて、「へへへーっ！　生徒会長、破れたりぃ！」と、喜び飛び跳ねる岸田のお尻に蹴りを入れた。

あれがビジネスの異業種交流だったと言えるだろうか？

そう、時にはこういう人の集まる所に行って顔を広げなくちゃ……。

「ぜひ、参加させてください」

にこやかに出席の返事をした。

パーティーの当日。夕方近くになると私は出かける準備をしていた。鏡の前でメイクを直している私の姿を見て、父親が声をかけてきた。

「お、今夜はデートか？」

「ちがうよ。仕事」

「仕事、仕事って。おまえな、たまにはデートでもしに行けよ」

父親がまた余計なことを言って私を苛立たせる。二十七才。最近は友達の結婚ラッシュが始まっている。そんな中で、つきあっている相手もいない。

なので、余計にムッときた。

「不動産業界の人や起業家なんかがたくさん来るらしいよ。なんか、おいしいワケあり物件の話があるかも」

怒るのをグッと堪えて話をそらしたのに、父親はさらに続けた。

「お父さん、店のことよりも娘の結婚の方が心配だ」

うぜー！　マジうぜー！

子供に「勉強しろ」と言うと、さらにやる気をなくすように、適齢期の娘に「結婚しろ」と言うと、結婚は遠ざかるものなのだ。

「誰のおかげで店が、いや会社が潰れないで済んでいるのよ！　お父さんがもっとしっかりしていれば、私がこんなに苦労しなくて済んだんじゃない」

慌ただしいことも重なり、いつもよりさらにキツい口調になってしまった。

父は、ちょっとシュンとした。

私は、ハゲた頭を撫でて苦笑いする父親を尻目に、駅に向かって走っていった。

レストランは六本木駅から東京タワーに向かって歩いた、通り沿いのビルの中にあった。ガラス張りの向こう側いっぱいに、東京の夜景が広がっている。

ビュッフェにはキャビアなど高級食材が乗ったカナッペや、小エビのカクテル、カラフルなテリーヌなど、鮮やかでキレイでおいしそうな料理が並んでいた。

ステーキは外国人シェフが、その場で焼いて盛り付けたものが配られている。その前には焼き立てをもらうために行列ができていた。

香ばしくジューシーな匂いに思わずよだれが出そうになるが、その列には並ばなかった。

ここで食べてばかりはいられない。いろいろ食べたいけど、食べるためにここに来たんじゃない。

木造住宅の一階にある小さな不動産屋を数年後には建て替えて、せめて自社ビルにしようと考えていた。このパーティーはそのための初めの一歩なのだ。

私は手当り次第に名刺を配りまくり、「西池エステート」の名を広めるように努めた。名刺を交換しながら、お互いの仕事のことを話す。ワケあり物件も扱うことを迅速にアピールした。

「気持ち悪い」と顔をしかめる人もいたが、中には興味を示す人もいた。しかし、興味を示す人のほぼ全員が「どのくらい儲かる？」と聞いてきた。それは、ワケありの事情によっても違うので何とも答えられないことだが、みんな具体的な金額を知りたがった。

いろいろな人と名刺交換をして話すうちに、パーティーの参加者は老若男女、みんな同じ人種であることに気が付いた。人種というのは肌の色とか目の色とか、民族の話ではない。

そこでは、みんな同じような会話をしているのだ。仕事馴れした中高年だけでなく、二十代の若い起業家と言われる人たちも同じだった。

「どこに投資すれば儲かる」、「何が値上がりする」、「いくらの外車を買った」、「ドバイ旅行でいくら使った」と……。

どこの輪に入っても、「金」の話なのだ。もちろん「お金の話なんて、えげつない」とまでは思わない。私だって、ここで大きなお金を動かす人たちと人脈をつくり、会社を、西池エステートを大きくして上場させて、やがては業界トップの……。

いや、大きく出過ぎた……。せめて、家を建て替えてもう少しまともな会社にしたい、そう願っている。

しかし初めのうちは新鮮な刺激をうけていたものの、次第に「金額」だけの話題に疲れてきた。そこにいる参加者のすべてが、徐々にのっぺらぼうで顔のない人の集団に見えてきてしまったのだ。

やばい、私、かなり疲れている。

疲労を自覚して座れる場所を探した。ちょうど窓際の隅に空いているソファがあったので、そこに座って休むことにする。

窓から夜景を眺めていると、池袋サンシャイン60を見つけた。あそこがサンシャインだから、あれが環六で、うちはあの辺か……。お父さん、今頃、何食べているかな？　近所の飲み屋にでも行ってるかな？

それにしてもキレイな女性ばかりだな。

会場の女性たちはみんな肩の出たひらひらのワンピースや、スーツでもブランドもので金色の縁取りがあるような華やかなものを身にまとっている。スーツショップで買った紺のスーツを着ている女性は私だけだった。

バスツアーの時、おばちゃんたちと温泉に入って、「凜子ちゃん、若いねぇ。肌がツッルツル」などと言われて喜んでいたのが、ここにいると遠い昔のようだ。ボーっとした頭でそんなことを考えていた。

ふと気が付くと、私の並びの席に男が一人座っていた。ビュッフェから持ってきた皿の上の料理を黙々と食べている。

男は私に気が付くと手を休め、「こんにちは」と笑顔で挨拶をした。私も営業用の笑顔を作り、男に挨拶を返した。すると男は、

「だいぶお疲れですか。ジュースでもどうぞ?」

と、近くにあったドリンクが並ぶ台からオレンジジュースを持ってきてくれた。

「あ、すみません」

その男は中肉中背でネクタイをしていない。でもウールの黒いジャケットを軽く羽織り、品が良い感じだった。何となく、ここにいる人たちとは少し違って見える。

「疲れますよね。こういうのも」

男は、そうつぶやいて小さなため息をついた。

「あ、ぶしつけに話しかけてすみません」

ざっくばらんに話しかけてきたと思ったら、今度は、一歩さがった態度でペコリと頭を下げる。朴訥な感じだが、けして形式だけではない優しさを感じた。

今まで会場で話した人たちと同じように、バッグから自分の名刺を出して男に渡した。

「私、西池エステートの天宮と申します」

「社長さんですか。お若いのにすごいですね」

こう言われることには最近は慣れている。「若いのに社長」。この言葉を口にしながら、「小娘のくせに」というニュアンスを含んでいたり、どこか見下されていたり、怪訝な顔をされることもあった。

しかし、この人の言い方は素直にそう思っているという感じだった。

「すみません、名刺は持ち歩いていないもので」

男はまた謝った。ここで話した人の中で名刺を持っていない人間は初めてだった。

「大学の研究室にいるので、普段知らない人と話すこともなくて」

初めは意外に思ったが、その言葉を聞いて、そういうものなのか、と納得した。

男は、神崎伸也という名前で、神奈川にある明聞大学で考古学の准教授をしていると自己紹介をした。

「考古学ですか？　私、二年前まで商社勤めで南米にいたんです。会社の人とマチュピチュとか行きましたよ」

相手に話を合わせるために、「マチュピチュに行った」と言ってみたが、実は高山病になり、途中で降りてきてしまった……。ちょっと話を盛ってしまったことに、胸がチクッと痛んだ。

「じゃ、詳しいんですね」。神崎はそう言って微笑んだ。

「いやいや全然！　子供の頃、親に連れられて古墳とか見に行ったことはありますけどぜんっぜん、詳しくないです」

　専門家を前にしてボロが出たら大変だ。「全然」のところで大きく横に手を振って否定した。その後、神崎は落ち着いた口調で話した。

「今残っているものから、遠い昔のことを知るって素晴らしいですよね」

　子供の頃のことが思い浮かんだ。山の中の緑の古墳を見ながら、父親がしみじみと同じことを言っていたなぁ、と。

「どんな研究をなさっているんですか？　私は全然、詳しくないんですけど、南米にいた時、ホント、あの辺って遺跡が多くて。あ、都市開発を担当してたんですけど、遺跡が出てきちゃうと工事がストップして。大変だったんですよ」

　なぜかベラベラと喋っていた。「金」と「数字」の話題から逃れ、懐かしい感じの話題になったせいかもしれない。また、オレンジジュースが、アルコールで火照っていた喉を潤したのかもしれない。しかし何よりも、神崎の雰囲気が私をリラックスさせたのだろう。

「じゃ、私はそろそろ」

神崎は腕時計を見て、立ち上がった。

「帰られるんですか？」

「ええ、研究室に戻らなくてはならないので。それに、せっかくのご招待だったけど、自分のいる場所ではないようです」

持っていたワインを飲み干すと、神崎は出口に向かっていった。その後ろ姿を見ながら、私はガッカリ。もう少し、話したかったな……と思っていた。


帰宅したのは夜の十時頃だった。二階に上がって台所に入ると、父親が風呂上りのタオルを首にかけたまま、ダイニングテーブルでビールを飲んでいた。

「パーティーはどうだった？」

「ステキなレストランだったよ。夜景がきれいなさ」

「脈のある人はいたか？」

名刺交換をした参加者たちのことを話した。

「あー、マンション販売の人もいたし、株で儲けているような、よくわからないお金持ちもいた。できるだけ名刺を配ってきたけど、あまりね」

「そういうんじゃなくて、いい男はいたのか？　って聞いてんだ」

神崎のことが頭に浮かんだが、すぐに否定してその残像を消した。

「そんな目的で行ったわけじゃないから！　仕事なの、仕事」

「そうか。ほんとにおまえは、男と縁がないなぁ」

カッチーーーーン！　別に今まで、男性とつきあったことがないわけじゃない。

家を継いでから、忙しくてそんな暇もないが、学生時代だって彼氏がいたし、海外転勤をきっかけに別れてしまったが、会社勤めの時には同期の男子と半年程つきあっていた。

彼氏ができたことを、いちいち父親に話すわけないじゃん！　ジジイ、アホか。

しかし。二十七才、適齢期。今は胸がときめくようなことは何もない。

このまま西池の端っこの小さな不動産屋にいるだけだと、出会いなんて本当に無いかもしれない。あっという間にヨボヨボになって、自分で自分の高齢者用の介護付きマンションを探すことになるかも。ひゃ～、ゾッとする。

パーティーで集めた名刺をトランプのように広げながら、神崎の連絡先を聞かなかったことを心底、後悔した。

しかし、日々は仕事に追われ、すぐにパーティーのことも忘れてしまった。

プレシャス白金に福田が住み始めて一か月が経過した。彼の人畜無害な雰囲気と愛想の良い挨拶のおかげで、隣近所にも事件の印象が薄れてきているようだ。

適当なところで売るか、賃貸物件として正式にうちで扱うか。いずれにしても利益につなげなければならない。

気に入ってもらうのはありがたいのだが、いつまでも光熱費付きの家賃無料でいてもらっては、こちらの経費もかさんでしまう。

世間から事件のことが忘れられて、イメージが変わったら速やかに次のアクションをかけたい。

その頃、福田は時々、会社に顔を出しては仕事をちょこっと手伝ってくれていた。初めのうちは郵便物をポストに出しに行ったり、引き戸のがたつきを直してくれたりする程度だったが、そのうちにパソコンでチラシなども作ってくれるようになった。

「バイト代、払うよ」

「いいす。もうバイト代はもらってるし」

福田はプレシャス白金に暮らしながら、山中由加里が悩まされた「すすり泣き」どころか、一切の怪奇現象を感じていない。彼にとっては、お金をもらって高級マンションに住まわせてもらっている、いわゆる「施し」を受けている感じなのだろう。手厚い「施し」を与えてくれる私を、救世主か菩薩様とでも思っているようで、なんだかんだと手土産を片手に会社に来ては、やたらと礼を言った。

その後、プレシャス白金を相場の値段で売りに出すと、すぐに買い手がついた。やはり昔から人気の地域だけある。十年前ならすぐに売れたような部屋でも、最近はなかなか買い手がつかないことが多い。今回のようなワケあり物件でなく、普通の物件であってもだ。

ラッキーだった。単に物件の条件が良いだけでなく、福田のほんわかしたオーラも功を奏したのかもしれない。

そういうわけで、いよいよ福田のアルバイトはお役御免となった。

しかし、単に「もう、出てって」とも言いにくい。

私はバイト終了を告げた後、「仲介料はいらないから」というおまけつきで、福田が暮らせる新しい物件を紹介した。

「何から何まで、ホントにありがたいです」

やはり今回も福田は「仲介料ナシ」のことをありがたがった。しかしプレシャス白金で暮らすバイト代がなくなり、さらに家賃を払うようになると、福田の生活はグッと厳しくなるだろう。以前のようにルームシェアする友達も、そう簡単に見つかるとは思えない。

　同時に、このまま福田を手放すのが惜しくなっていた。時々だが、福田が仕事を手伝ってくれていることで、こちらもかなり助かっている。

　バイト終了で福田がいなくなったら、またパソコン作業など、一人でこなさなければならない。瑞希は猫の手ほども役に立たないし。

「あとさ、よかったらうちでバイトしない？」

　私は福田に、事務所でのアルバイトの話をもちかけた。

「バイト？　あれ、今終わったはずじゃ？」

「そうじゃなくて、時々やってくれている事務作業とかね。これからは、ちゃんとバイト代払うから。週に三日とか、定期的に来れないかな？」

「まじっすかぁ。やります！」

　福田は、晴れやかな表情で、快くＯＫしてくれたのだった。

　その後、結局、週に五日も来てくれたので、私は瑞希にイライラしながら、一人で右往左往することも少なくなった。

そんなある日、私の携帯に知らない番号から電話がかかってきた。仕事柄、見知らぬ番号からの電話は別に不思議でもないが、ほぼ百パーセント仕事の電話である。

「はい、西池エステートの天宮です」

いつものように事務的に電話に出る。

「神崎です。覚えてないかもしれませんが。パーティーでお会いした」

なんと！　神崎！

「え……と、あ、神崎さんですね」

な〜んて一瞬、「え……と」とか考えるフリをしてみたが、頭の中では「モッチロン！　おぼえてます、おぼえてます！　ますますます〜！」とエコーがかかっていた。

「ちょっと、お会いできますか？」

私は浮き足だった。あれきり会えないだろうと思っていたのに、向こうから連絡がくるなんて！　目の前に、百ワットの電球が百個ついた。

いつものスーツを脱ぎ捨て、ワンピースに着替えて、指定された池袋の喫茶店に向かった。

五分前についたのだが、神崎はすでに席に座っていた。その時、あらためて真面目な人だな、という印象を受けた。

「不動産のことでちょっとお聞きしたくて」

なんだ、仕事か。少しがっかりした。いや、仕事の電話はありがたいんだけど。

「実家を建て替えようかと思っていまして」

神崎は、今、母親が一人で暮らしている実家の建て替えを考えていた。そこで、賃貸併用住宅にしようか迷っている、という話だった。

「うちは小さな不動産屋で、家の建て替えは違う分野でして」

「はい、わかっています。でも信頼できる人に相談したいと思いまして」

なるほど。たしかに住宅メーカーに相談すればなんでも具体的に説明してくれるが、すぐに建て替える方向で話が進んでしまう。

この人は、まだ建て替えるかどうか迷っている、という段階なので、ちょっと家の事に詳しい人に相談したかったのだろう。

「信頼できる人」と言われて、正直、嬉しかった。

「地方でも賃貸の需要はありますよ。立地にもよりますが、大きな駅の近くとかでしたら、転勤族とか地元でも駅から遠い人ですとか、借りる人は必ずいますので、決して無駄にはならないと思います」

私はまた饒舌になっていた。仕事関係の内容ではあるが、この人といると頑張っていろいろ話してしまうのだ。

「あのぅ……。神崎さんご自身のご家族は？　奥様やお子様は？」

仕事の話にかこつけて探りを入れた。

「いやいや、もちろん独身ですよ。ほら、僕、こんなんですから」

頭を掻きながら神崎は笑った。

全然「こんなん」ではない！　だって、神崎さんは、服装も清潔感があって上品だし、顔だって結構なイケメンだ。話し方も知的で落ち着いている。その上、それを「自分はこんなん」と謙遜するような人柄も備えている。

だから余計に聞かずにはいられなかったのだ。浮かれてどんどん好きになってから、妻子がいた、では悲しすぎる。そういう友人を何人も知っている。

会社員時代、同じ部署に一美さんという先輩がいた。三十二才で仕事ができた。入社したばかりの私は手取り足取り彼女から仕事を教わった。一美さんは、会社の男性社員からも人気があって、結婚を考えている彼氏もいた。

仕事のスキルもあって上司からも後輩からも頼りにされている。プライベートでは恋人もいて。なんでも持っている人で、こんな女性になりたいな、と憧れていた。

ところがある時、これが音を立てて崩れる。なかなかプロポーズしてくれない彼氏に一美さんの方から結婚の話を切り出したそうだ。すると、そいつは一美さんの部屋のテレビに自分の観たいスポーツ番組の録画をセットしながら、「え〜、無理〜。だって俺、もう結婚とかしちゃってるし」と、のたまった。

その一言で一美さんのすべてが崩壊した。七年間もつきあっていた今までの時間は一体、何だったの？　彼を信じていた自分は？　愛とは？　結婚とは？　人間同士の信頼関係は？　思いは「自分は何のために生まれてきたのか？　トンボだって、オケラだって、アメンボだって、みんなみんな……♪」まで及んだ。

それから一美さんは坂を転がるようにやさぐれる。商社には、結婚していく女子社員がたくさんいた。一美さんは、その姿を見てさらにギスギスとした女に変貌していったのだ。

立場上、結婚披露宴に招待されやすかったが、その度に、スピーチができなくなるほど飲んだくれるようになった。

きっと、結婚のお祝いで何万円も包むから、せめて元くらい取ってやるーっ！　チキショー！　という気持ちだったと思う。

そんな事をしていたら仕事上での信用も落ちてきて、一美さんはとうとう、中国の山間部にあるシルク工場勤務になってしまった（シルクと言っても、高級シルク製品を扱う仕事ではなくて、蚕の世話だからね）。

そういう人を見てきたので、妻子持ちだけは避けたい。

しかし、神崎はこの絶対的な条件を見事クリアした！　キン、コン、カ〜ンコ〜ン！

私の頭の中に鐘が鳴り響いた。

そんな私の胸中を知ってか知らずか、神崎は私の目を見ながら優しい口調で言った。

「天宮さんは、美しい上に仕事もできて。すごいですね」

「やだ、そんなことないですよぉ〜」

口では否定しているが、美しい、とか言われて、嬉しさ最高潮！

私はひとりっ子で、どちらかというと褒められて育てられている。

生後十か月、歩けば祖父母と父母の拍手喝采を受け、画用紙になぐり描きをすれば天才画家と呼ばれ、カマキリを捕まえれば「将来はファーブルのような昆虫学者」、と期待された。

「豚もおだてりゃ木に登る」

この法則で子供時代は、メキメキと優等生になっていったのだ。だから、褒められると期待に応えようとして俄然、頑張ってしまう。

「私にできることでしたらなんでも協力しますので、相談してくださいね」

そんなことを口走ってしまって、「あ、ちょっと図に乗り過ぎてる、わたし？」と反省しかけていた時、神崎はすっと真顔になった。

「じゃ、お言葉に甘えてお願いがあるのですが」

「はい、なんでしょう？」

「次はちゃんとデートしてくれませんか？」

ブーッ！　と、心の中で鼻血が噴射した！　思わず本当に鼻血を出していないか、指で鼻のあたりを触って確かめてしまったほどだ。

「凜子さんは、どんな食事がお好きですか？」

「なんでも好きです！　好き嫌いが無いのが自慢です！」

小学生のような受け答えをしてしまったが、神崎は好感をいだいてくれたようで、

「ハハハッ」と笑った。

この人が笑うと爽やかな風が吹く。まるで午前八時のハワイの海辺の風のような。

ふと、未来の自分が見えた。こういうのを予知の力っていうのかもしれない。

海をバックに白いウェディングドレスに身を包んだ私だ。みんなの祝福とライスシ

ャワーが降り注ぐ中で、ウェディングベルが鳴りやまない。

私は誰かと腕を組んでいる、隣にいるその男性は、タキシード姿の……。

「なんだ？　ニヤニヤして気持ち悪い」

海辺のウェディングがいきなり、オヤジの鼻毛に変わっていた。うっ！

父が私の顔を覗きこんでいる。「気持ち悪い」って……。それはこっちのセリフだ。

まぁ、しかし神崎と喫茶店で別れて会社に戻ってきたのが一時間も前だというのに、ずっとデスクで妄想していたかと思うと恥ずかしかった。にやけた顔をキリッと真面目な顔に変えてパソコンのキーボードをたたき始めた。

「商店街婦人会の親睦会。今年は何やるんだ？」

「ビヤガーデン」

「そうか、ちゃんと参加しとけよ。おばちゃんたちと仲良くしてると、お客さんをたくさん紹介してくれるぞ。で、どこのビヤガーデンだ？　東武デパートか？」

「ううん、ちょっと足を延ばして豊島園だって」

「プッ！　豊島園！　まさに年増の園だな。行かず後家のおまえも入れて、おばちゃんの集団で年増園！　ガッハハハ」

フン！　ち〜〜〜っとも面白くないっ！　父親は、上手いことを言った、という風に、自分で自分の話にウケて大笑いしていた。ホント、腹立つわ〜〜！

　今に見てろ！　娘に男っ気がないとか言わせないからね。


　神崎は毎日、メールをくれる。

「今、何をしていましたか？」

「夕食の準備をしています」

「いつか食べてみたいです」

　学園もののドラマのように、胸がキュンキュンした！　それがもう、楽しくて楽しくて。神崎との、こんなやりとりに夢中になり、しょっちゅう携帯を見ていた。

　事務所の仕事は福田がアルバイトに入ってくれたおかげで余裕ができている。以前のように残業することもなく、神崎とデートをする時間を持てた。

　定時に会社を閉めて、時々夜、出かけていく私に父は不満をもらした。

「また、出かけるのか？」

「友達と、ちょっとね」

　父は何か言いたそうだったが、口をつぐんだ。さすがにもういい歳の娘に、誰とどこへ行く、なんてことは聞きたくても聞きにくい。犯罪に関わるような悪いことでもない限り、何も言えないようだった。

「ふーん、いってらっしゃい」

「お父さんのご飯、作っておこうか？」

彼氏ができると娘は親に優しくなるものだ。これ、世の鉄則！　もれなく私も、そうなった。鉄則通り、父に優しい言葉をかけてあげた。

「いらん。俺も友達と飲みに行くわい！」

父は私に対抗するように言ったが、その口調はえらく不機嫌だった。


そんなデートのある日。時間は午前一時を過ぎていた。渋谷の駅にはシャッターも下りてネオンが消え、スクランブル交差点の人通りは少なくなっていた。

「終電、出ちゃいましたね」

神崎は初めて時間に気づいたようだった。私は一時間前から終電を逃してしまうことを知っていた。

その事を口にしなかったのは、渋谷から西池袋の家まで、タクシーで帰ってもたいした金額ではなかったからだ。

それよりも何よりも、もっと彼と一緒にいたかった。もちろん、泊まっても良いという気持ちもあった。

「どうしましょう?」

神崎がそう聞いてきたので、私は黙って彼の腕をつかんだ。その後、私たちは、そのまま駅に背を向けて、道玄坂を上って行った。坂を上り、路地を曲がるとホテルのネオンがたくさん見える。

そして……。いや、話し出すと長い長いのろけとポルノになるので割愛しよう。


朝帰りで家に着くと、一階の事務所のソファにもう父親が座っていた。

「おはよう、お父さん」

「おはよう。いや、おかえりだな」

父の言葉はイヤミったらしかった。その態度に反応せずに、黙って二階に上がろうとすると、父は怒鳴った。

「凜子!　一体、誰と会っているんだっ!」

おー、ズバッときたかー。少し驚いたが、いい機会だ。

「彼氏に決まってんでしょ」

「お、おまえ!　嫁入り前の娘が男と朝帰りって!　ふ、ふふ、ふ、不謹慎だ!」

「不謹慎って……。大体、いつも男っ気のない娘が心配だって言ってんじゃない」

父は顔が赤くなっていた。

「悪い虫がつくのは、もっと心配だっ！」

父の顔はさらに真っ赤になった。こりゃ、相当、血圧が上がっているに違いない。

ここは一つ、健康上、父親を落ち着かせるため、神崎のことをキチンと話すことにした。

ちゃんと彼のことがわかったら、お父さんだって気に入ってくれるに決まっている、そう思った。

「神崎さんっていってね。真面目な人よ」

「真面目？　真面目ってなんだ？　そもそも真面目なんて、見方によって違うものだ」

父親は早速、「真面目」という言葉にケチをつけてきた。

「三十四才で、明聞大学で准教授をしているの」

売り言葉に買い言葉で喧嘩にならないように。できるだけ冷静さを心がけた。

「准教授？　三十四で？　へ～そりゃそりゃ、ご立派。で、何の教授だ？」

「考古学よ。お父さんだって、そういうの好きでしょ？」

「好きじゃない！　いや、キライだ！」

何を言い出すのだ。このジジイは。子供の頃、休日なのに遊園地にも連れて行ってもらえず、散々、なんてことのない古墳なんかに連れていったくせに。

どうせ、娘を取っていこうとする男が、自分の趣味の分野でもずっと上だから悔しくてたまらん、というバカバカしい嫉妬からだろう。

「とにかく、そんな奴、ダメだ！」

「そんな奴って。彼のこと何も知らないじゃん！」

「おまえこそ、わかってない！」

こんな時にも、またいつもの言葉、「わかってない」。不動産の仕事のことならたしかに父の方が経験豊富だが、私の恋人のことは、父親の百倍、よくわかっている。

「もう二十七なんだから、放っておいてよ！」

私はドカドカと音をたてて、着替えるために二階に上がって行った。

何が気に入らない？　さっぱりわからない！

結局、父は私をいつまでも自分のそばに縛り付けておきたいのか？　もっと年老いて動けなくなった時に、自分の下の世話を、私にさせようとでも決めているのか？

それは自分勝手というものだし、どこの家でも、いつか子供は巣立って家庭を作り、自分の人生を歩いていくものなのに。

翌日から、私は父と口を利かなくなった。父はいつものように事務所のソファでダラダラしているが、私から父に声をかけることはなかった。

父は父で、やはり自分から声をかけるのが悔しいらしく、たまに私と目が合うと、わざと「フンッ」と鼻から息を吹いて、そっぽを向いた。そんな父親の態度に私は「イーッ!」と思いっきり顔をしかめ、これまた言葉を発することなく応戦していた。

「凜子さん、頭でも痛いんですか?」

私の顔を見て福田が聞いた。冷戦中の父親に向かって顔を歪めていたのを体調不良だと思ったようだ。

「ううん、絶好調!」

私は、わざと父にあてつけるようにして答えた。チラッと父親に目をやると、父はまた「フン」とそっぽを向いた。福田は私の方ばかりを見て、ソファにいる父親の態度には気がつかないようだった。

「それならいいんですけど。季節の変わり目ですから、身体は大事にしてくださいね」と、私の体を気遣ってくれた。

朝帰りの数日後、神崎からメールが来た。

「ずっとそばにいてほしい。結婚しよう」

プロポーズだった。感激して胸が熱くなった。すぐにOKの返事とその喜びの気持ちを伝えた。

これから彼と家族になって、二人で人生を共に歩んでいくのだ。楽しいことも悲しいことも、一人じゃなくて、二人で笑ったり泣いたりして、彼と子供を作り家庭を築いていくと思うと、嬉しくて仕方なかった。

しかし……。結婚への障害が何もないわけではない。それは、うちのクソ親父！冷戦中だといっても、父親を無視して結婚するわけにもいかない。朝帰りの日から口を利いていないが、父に神崎を紹介しようと決めた。

彼に会ったら、さすがに「ダメだ」とは言わないだろう。だって何も文句のつけようのない人なのだから。

「お父さん、話があるの」

「わ、嫌な話か？」

「彼に会ってほしいの」

「ほ〜ら、嫌な話だ」

父親は口をとがらせ、阿波踊りでも踊るように手をひらひらさせた。

「ふざけないで。彼に会えば、絶対にお父さんも気に入るって」

「俺は会わない！」

父はキッパリと娘の願いを切って捨てた。

「結婚を申し込まれた」

父はとどめを刺されたハチが羽根を動かすように、肩をビクッとさせた後静止した。

「で？　おまえはどうしたいんだ？」

ぶちキレて怒るかと思っていたが、わりと冷静である。

「もちろん、OKしたよ」

「だよな……」

父は改めてショックを受けたようだった。ドーン……と頭を下げて、十キロの鉄の重りでも乗せたように肩を落とした。そしてまた、ゆっくりと顔を上げる。

「お父さんは反対だ。とにかく……反対だ」

「もう！」

私の方がキレてしまい、横にあった机をバンッと拳で叩いた。痛ててて……。

「あ〜、そうだ！　酒屋の寛太と飲みに行く約束してんだった」

父は手の甲をフーフーと息で冷やしている私を無視し、ジャンパーを羽織ってハンチング帽をハゲた頭に被ると、外に出て行ってしまった。

その後、何度か父に、神崎に会ってくれるように話してみたが、いつも同じ会話の繰り返し。

父が家にいる時に、神崎に連絡をして突然のご対面を試みようとしても、父は私のその企みを察知して、外出してしまうのだった。

まさか、父親が結婚の障壁になるなんて。ほんの一か月前まで、これっぽっちも考えていなかった。

お母さんが生きていれば、お父さんを上手くなだめてくれたのに……。

早すぎた母の死を、今更ながら私は恨んだ。

第三章　愛と自信と魂の喪失

「たまには焼肉でも食べに行こうよ。おごるから」

「なんでだ？」

「食べたいじゃん。特上カルビ」

私は父親を恋人に会わせるために、父の好物で釣って外に連れ出し、ご対面させようと考えた。しかし、父はすぐに見破ってしまった。

「その手にのるか！」

う～ん、父は思ったよりも勘がいい。でも私は、とぼけてこのまま計画を実行しようとした。

「大丈夫、騙して彼に会わせようなんて考えてないから～」

「ウソだ！」

「ウソじゃないよ」

「お前が特上カルビをおごるなんて、騙そうとしているか、悪魔に憑りつかれているか、しかないだろ！」

ちっ！　私はそんなに情けない娘か！

たしかに、父親に何かおごるなんてことは、実はこの歳まで一度もなかった。こんなことなら、一回くらい、近所でとんかつ定食でもおごっておくんだった。今までの親に対する自分の行いを、ほんの少し悔やんだ。

こうやって父は相変わらず彼に会うことを避け続け、私の結婚を先延ばしにしている。

「ごめんね。父のせいで」

「気にしないで」

神崎は怒りもせず困った顔もしなかった。私だったら、自分が恋人の親に嫌われたら、嫌な気持ちもするし悲しくもなる。その親のことを嫌いになるかもしれないが、彼は、私の父の事を悪く言うこともなかった。

マイナスの感情をいっさい顔に出さずに私への気遣いを忘れなかった。器の大きい、やさしい人。改めて、神崎を見直した。

「凛子の気持ちが変わらなければそれでいいよ。お義父さんに会うのは、もっと時間を置いた方がいいよ」

神崎は、そう言ってくれた。父に会うことを急ごうとしなかった。

たしかに彼の言う通り。時間を置いた方がいいかもしれない。父はきっと、こっちが追えば追うほど逃げようとするだろう。しばらく何も言わなければ、頭を冷やして考えてくれる。

どんなに反対されても私は彼と結婚する。決心は固かった。

父は今、駄々をこねたいだけなのだ。娘が離れていってしまうことが嫌で、小さな子供のように反抗しているだけ。単なるわがままなのだ。

この際、父親に会わせるのは後回しにして他のことを先にすすめよう。

「先に神崎さんの実家に、ご挨拶に行くよ」

「そうだね。凜子のことを話したら、母はすごく会いたがっていたよ」

嬉しかった。まだ見も知らぬ人間の自分が恋人の親に受け入れられているということが。初めて神崎のお母さんに会うことの不安もぬぐえたし、何よりも温かい気持ちになった。

それに引き替え、うちのオヤジは……。子供じみた父がとても恥ずかしく思えた。

「来週はどうかしら？」

「うん、電話しておく。きっと喜ぶよ」

私たちは、一週間後に神崎の実家に行く約束をした。

彼の母親が私たちの結婚を認め祝福してくれたら、うちの頑固オヤジだって、もうイヤだイヤだと、駄々をこねることもできなくなるはず。先に神崎家に挨拶に行くのは、我ながらいい考えだと思った。


しかし、その翌日。神崎から電話がかかってくる。

「ごめんね、来週、実家に行くこと、延期してもらえる？」

「どうしたの？　反対されたの？」

自分の父親が意味不明に反対しているので、彼の親も同じことを言い出したのではないか、と感じた。しかし、神崎はすぐに強く否定した。

「そんなわけないだろ！　母は僕たちの結婚を祝福してくれているよ」

「何かご都合が悪いの？」

「実は……母の病気が……」

今までもよく心不全を起こしていたらしい。ずっと近所の医者で薬をもらっていたが、大きな病院で検査をしたら非常に珍しい難病だったことがわかったそうだ。

「アメリカでは手術も、よく行われていて成功率も高いって」

私にも、これは一大事だとわかった。ちょっと盲腸を切るとか、そんな類の手術ではない。

年寄りを海外に連れていくだけでも大変だというのに、ましてや見知らぬ土地で手術だなんて。彼の心配も然ることながら、お母さん自身も大きな不安を抱えているにちがいない。私は確認するように尋ねた。

「行くんでしょ？」

彼はきっと、母親をアメリカに連れて行って手術を受けさせる。

私だって、自分の母が亡くなった時に、何か助かる方法があったなら、きっと全力を尽くした。

「うん、連れて行きたいと思っているんだ……けど」

「……？　けど？」

神崎の口調に、いつものような歯切れの良さがなかった。

「恥ずかしながら、まとまった金が今、無くてね。実は迷っている」

「迷うって。すぐに手術しなくていいの？」

「いや、できるだけ早くしないと手術も難しくなるらしい」

「だったら、早くしなくしちゃ」

焦燥感にかられた。うちの母親が亡くなった時、医者は臨終の時刻を告げた後、

「あと一か月早く気が付いていれば」とつぶやいた。

その言葉が、私と父にとって、今でも後悔として残っている。特に父親にとっては。

父も母も体は丈夫だった。「笑って生きてりゃ医者いらず」とか、よく笑って自慢していたほどだ。それで自分たちの健康を過信して、保険組合からくる健康診断も、忙しさにかまけて、あまり受けていなかった。

だが、神崎はできない理由の諸々を話した。

「うん、そうしたいけど。手術だけじゃなくて飛行機代だの滞在費だの、いろいろかかるし。簡単にはいかないんだ」

「どのくらいかかるものなの」

「三百万くらい……」

自分の母親が亡くなる時の経験から、ちょっとしたことが手遅れになってしまうことを知っていた。治療を一か月先にすれば、病魔は想像している一か月分よりも早く体を侵食していく。

彼には私と同じ経験をさせたくない。だから、一日でも、本当に数分でも早く、彼の母親に手術を受けてもらいたかった。

「そのくらいなら、私、立て替えるよ」

「そんな、悪いよ、まだ結婚もしていないのに」

「いいって。あげるんじゃなくて貸すんだから」

私は少し笑いながら話し、彼の緊張をほぐした。

神崎もホッとして笑うかなと思っていたけど、彼は本当に申し訳なさそうに、謝りながら私の申し出を受けた。

「ごめん。医療保険が全額下りるはずだから。後で絶対に返す」

「気にしないで」

「ありがとう。母をすぐにでもアメリカに連れていけるよ。本当にごめん」

神崎は涙まじりの声で、何度も感謝の言葉を口にした。

本当に誠意のあるいい人だな。この人に出会って、私は誰よりも幸せだ。

電話の後、すぐに神崎に教えてもらった銀行口座に三百万円を振り込んだ。結婚は少し先になってしまったが、神崎のお母さんには早く元気になって結婚式には出席してほしい、そう思っていた。


その日はまだ、神崎からの連絡はなかった。入金を確認していないのかな？　別にすぐにお礼を言われたいわけではないが、ふと気になった。

次の日も何も音沙汰がなかったので、振り込んだことを神崎にメールで伝えてみた。しかし、仕事が終わってから夜に出したメールだというのに、その日のうちに返事はなかった。

朝になって、また携帯をチェックしたが、彼からの返事はなかった。

何かあったのかもしれない……。

彼の母親の容態が急に悪くなって緊急搬送されたとか。そんな最悪の事態を考えて電話をしてみたのだが、携帯から聞こえてくるのは呼び出し音だけだった。

三百万を振り込んでから一週間経ってしまった。その間にも繰り返し、彼にメールを送り、電話もかけた。

それまでは私がメールを出せば、すぐに返信をしてきた人だから、今回、連絡がとれないのは何か大変なことがあったとしか考えられない。

いや、もしかして携帯を紛失しているのかも。うん、きっとそうだ。

私も南米にいた時、ｉＰｈｏｎｅを駅で盗まれたことがあった。あの時は会社で仕事用の携帯を持たせてくれたが、プライベートの友人・知人の連絡先がわからなくなって、ものすごく不便だった。

うん、そうに違いない。

神崎は横浜から私鉄に乗り換えた町に住んでいると聞いているが、自宅の電話番号は知らない。家にはまだ行ったことがなかった。知っているのは明聞大学で考古学の准教授をしているということだけ。

毎日、彼の携帯に電話を入れているが、その日はとうとう呼び出し音もなくなっていた。電話をすると、すぐに、アナウンスが流れた。

「現在、この番号は使われておりません」

えっ……!?

一体、何があったのだろうか？　盗難にあった携帯が悪用されては困るから解約したのだろうか？　それにしても、私の名刺は持っているし、公衆電話や職場からでも電話をくれてもいいはず。

職場!?　そうだ！　職場があった。

私は彼が勤めている大学に行ってみることにした。職場に顔を出すのは、ずうずうしいかと思ったが、神崎だって私に連絡がとれずに困っているに違いない。私たちはもう婚約しているのだし、きっと、悪い気はしないはずだ。

神奈川県の横浜市にある明聞大学に向かった。横浜から電車を乗り換え、最寄駅から大学行のバスに乗った。

大学は丘の上にあり、緑に囲まれていた。梅雨時の小雨が降る中で、木々の緑は静かに生命を育んでいるように見えた。

やっと彼に会える。そう思うと、妙にうきうきした気分になり、小雨に濡れる周りの景色がとても美しく見えた。

バス停は校門の前にあり、バスを降りてすぐ、壁に貼ってある校内案内図を見た。考古学の研究室は奥の方の校舎の中にあるらしい。

講内へ進んでいこうとすると、校門の横にある小さな建物の中から制服姿の守衛らしき男が顔を出した。

「どちらへ?」

「考古学の。神崎先生に」

「お約束を?」

今時の大学はセキュリティが強化され、勝手に中には入れない。

「いえ、約束はしてないんですが」

困ってしまった。見ず知らぬおじさんに「フィアンセです」とも言えない。少しモジモジしていると、守衛のおじさんは慣れた感じで聞いてきた。

「先生に連絡しますので、お名前をいただけますか?」

「天宮と申します」

よかった、これで話が通る。守衛は受話器を耳にあてながら、研究室の電話に出た誰かと話し始めた。

「天宮さんという方です」

守衛のおじさんが私の名前を伝えた後、少し間があった。そして次に、

「女性です。学生ではないようですが、若い方です」と私の特徴を話していた。

神崎なら、天宮と聞けばすぐに反応するはずなのに。そのやりとりに少々の違和感を持った。

「すぐにいらっしゃいますので、お待ちください」

電話を切った守衛は私の顔を確認するように再び眺めている。その視線に居心地の悪さを感じながら、守衛室の前にあるベンチに腰かけて神崎を待った。

数分後、一人の男性が校舎から出てきて、守衛室に向かってきた。年の頃、四十代後半から五十代前半くらいだろうか。両側のこめかみ辺りは白髪になっている。

男性は守衛に何か話しかけた後、私の方に顔を向けて、にこっと笑った。

あれ？　もしかしたら……。神崎さんは手が離せない用事で来られないのかな？

きっと、それを伝えに上司の人が代わりに来たのかも。

婚約者の上司に粗相があってはいけないと思い、私も思いっきり笑顔を作りながらその人に会釈をした。

「神崎ですが」

男性は名乗った。今、「かんざき」と聞こえたような。

いや、何か似たような名前を聞き間違えているのかもしれない。

「あの、神崎さんは？」

「私が神崎ですが」

この短い妙なやりとりを三回も繰り返してしまった。

コントかっ！　と突っ込みたくなるやりとりだったが、この人は紛れもなく「かんざき」という苗字の人なのだ。

同じ名前の人のようだ。もしかしたら大学にはキャンパスが他にもあって、神崎はそっちにいるのかもしれない。そんなことが頭をよぎり、その中年男に謝った。

「あ、すみません。他のキャンパスだったかもしれません」

「この大学で、神崎伸也は私だけです」

中年の男は、まるで耳の遠い老人にでも伝えるように、言葉の一つひとつをハッキリとかみしめるようにして私に伝えた。特に「この大学で」という部分を強調して。

これ以上、ここにいても無駄だ。

「すみません、人違いでした」

その似ても似つかぬ神崎先生に人違いを詫びて、足早にその場を去った。

そして雨の中、バス停で帰りのバスを待った。時刻表を確認するとバスは十五分後まで来ない。肌寒さからか、その待ち時間がとてつもなく長く感じた。

神崎は、今、どこにいるのだろう？　いや、なぜ「明聞大学」には神崎がいなかったのだろう？　彼は私に嘘をついていたのか？　でも、どうして？

そういえば……。パーティーで会った時、彼はあのイケイケな雰囲気が合わない様だった。会場の人と話すのが面倒くさくて、つい職業を偽ってしまったとか？

そして職業を訂正する機会を逃しているだけなのかもしれない。でも、結婚の約束をするまで、そんなつまらないことを黙っているのかしら？

いろいろな想いが頭の中をぐるぐると回っている。なんだか、よくわからなくなってきた。

そうだ、パーティーの主催者だったビルオーナーに聞いてみよう！

神崎は招待されて来ていたのだから、オーナーなら、彼の自宅の住所や電話番号を知っているはずだ。

いてもたってもいられずに、バスを待つ時間を利用してオーナーに電話をした。

「神崎伸也という大学教授？　知りませんね」

神崎の名前を伝えると、オーナーはすぐに知らないと答えた。

「もしかしたら、大学勤めじゃなくて他のお仕事の人かもしれないんですけど」

「あ〜、神崎って名前も、知らないなぁ」

「他の社員さんのお知り合いとか？」

そう質問を変えてみた。

「いやぁ、実はあのパーティーはかなり限られた人を招待しているんですよ。ただ、招待者のご家族や同伴の方、というのは考えられますので、ちょっと名簿を調べてみましょう」

オーナーは親切にあらためて調べると言ってくれた。

「お願いします。また電話します」

電話を切って、ふと見上げると雲は厚くて空は暗かった。霧のような梅雨の雨が、服や髪にシトシトとまとわりついて、私の心をこの天気以上に曇らせる。

さっきまで木々に命を与えているように思えた小雨だったが、この時は顔に容赦なくあたることがとても忌々しかった。

その翌日、オーナーからの連絡が待ちきれず、自分から電話を入れた。

オーナーはずいぶん調べてくれたようだった。そして、その口調には少しも明るさがなかった。

「神崎という方はいませんでしたが、天宮さん、何かありましたか？」

さすがに誰でもピンとくる。どう話そうか口ごもっていると、頭の回転の速いオーナーは、私が答えるより先にてきぱきと聞いてきた。

「投資詐欺とか、不動産詐欺とか……何か？」

ほぼあたっている。しかし、どうしても「結婚の約束をしたのに連絡がとれない」とは言えなかった。

「いいえ。あの時、部屋を探しているって仰ってて。それで、いい物件が出たのでお知らせしようと思いまして」

嘘をついた。

「よかった」。オーナーの声はまた明るくなった。

「私のパーティーで、天宮さんが悪い輩に何かされたかと心配しましたよ。そいつ、ただ食い犯だったかもしれませんね」

「ただ食い犯?」

「ギャラリーのオープニングとか結婚パーティーとか。パーティーに紛れ込んで、勝手に飯を食っていく奴ですわ。都心じゃ、毎日のようにどこかでパーティーをやってますからね」

それを聞いてハッとした。もしかして……。きっと、それだ!

そう、あのパーティーで。初めのうちは気が付かなかったけど、神崎はいつの間にか私の並びの席にいて、一人ぽつんと料理を食べていた。

そして、私との話もそこそこに、パーティーの途中で消えるように扉から出て行ったのだ。

「まぁ、天宮さんが不動産屋さんだと知って、苦し紛れに、部屋を探しているなんて話をしたんでしょうね。不愉快ではありますが、天宮さんに損害がなかったのは幸いですな」

「あははは、な〜んだ! 失礼な奴ですねぇ」

オーナーと同じように笑って返した。が、笑いごとじゃねーよ! 巨大な隕石がガァーーンとわが身に落ちてきたような気分だった。

神崎はただ飯を食いにパーティーに紛れ込んでいたのか? えぇっ?

それは私が知っている彼とは、あまりにもかけ離れたイメージだった。思いっきり混乱している。でも……。思い返すと、当日、彼がとった行動と一致する。

大ショック！　そんなケチ臭い悪さをするなんて！　でも、それならば。あの時、職業や名前を偽っていたのもうなずける。

しかし、そうと知っても、私はまだ彼を嫌いになれなかった。

そう、きっとパーティーの日は相当お腹が空いていたに違いない。それで出来心で紛れ込んで食べていたが、私に見られて、つい、その場しのぎの嘘をついただけ。

私たちの愛は本物なのだ……と。

「凜子、で？　准教授さまはとやらは、どした？」

このところ、めっきり彼の話をしなくなった私に、父親が鼻毛を抜きながら聞いてきた。

「会ってない」

「おお！　別れたのか？」

父は眉毛を上げて、晴れやかな声を出した。娘にたかっていた虫が消えたのが、そんなに嬉しいのか！

「違うよ。お母さんが病気なの」

「おぅ、そりゃまた大変だ。で、准教授さま、田舎はどこだ？」

父は、いちいちこちらの神経を逆なでるように「准教授さま」をくりかえす。

「あ〜〜〜。それだけど。大学に勤めてなかった」

「なんだ、それ？」

「あ〜〜……名前も神崎じゃなかった。田舎も知らない、ってか自宅も知らない」

言いたくないが、父に本当のことを告げてしまった。

「今どきの若いもんは。携帯ばっかり使ってるから」

父の声は少し心配そうだった。

「その携帯も。通じない」

「でげっ？」

変な声を出した後、父親は急に押し黙った。みるみるうちに険しい顔になる。

「おまえ、まさか！　金、やってないか？」

「お金なんてあげるわけないじゃん！」

「そうか、よかった」

逆上しそうになっていたが、金銭をあげていないと知ると、眉間にしわを寄せて吊り上っていた父の眉毛はまた平坦な状態に戻った。しかし、私の次の言葉で血圧が急上昇する。

「貸しただけ」

「げぇっーーーっ！」

父親は、また顔を真っ赤にして、後ろにぶっ倒れるんじゃないかと思うくらいのけぞった。

「なんだよ、うるさいなぁ。お母さんの手術をアメリカで受けるのに、今、お金が無いって聞いたから」

「アメリカで手術？　胡散臭い。いくらだ？」

「三百万」

「ばっかもーーーーっん！　結婚詐欺だろ！　それ」

私は詐欺になんか遭っていない！

この時はまだ、そう思っていた。いや、思いたかった。

彼は確かに大学勤めじゃなかったし、名前も偽っていたけど、それはちょっと言いそびれているだけで。私に打ち明けようと思っているうちに母親の難病が発覚して、携帯が無くなって……。いろいろな事情が同時に重なっているだけだ。

「ちがうよ！　そうじゃないってば！」

まだ、自分は愛されている、そう信じたかった。

「警察に行け。被害届を出せ」

「えっ？　やだ、お父さん！　それじゃまるで、彼が悪い人みたいじゃない」

私は泣きべそをかいていた。そんな私はきっと痛々しかったに違いない。

父はもう、頭ごなしに言わなくなる。

「わかった……。じゃ、被害届はいい。とにかく、人を探しているって相談してみろ」

そうか。そうだった！　誰かが失踪した時にも警察は役に立つ。もしかしたら、強盗に誘拐されたとか、何か事件に巻き込まれているのかもしれない。早く彼を探し出してあげなくちゃ。

おいおい、どんだけ、自分、おめでたいのか？

後になって、この時までの自分が恥ずかしくて仕方なくなる。穴があったら入りたい。地下鉄大江戸線より深く地下百メートルくらいの深さに埋めてほしい、と。

私は恋人を捜索してもらうつもりで、父親の言う通り西池袋の警察署に行った。自分がどんな顔をしているのかわからないが相当、情けない形相だったと思う。

「人を探しているんですが」

受付の女の人にそう言うと、その人は私の気持ちに寄り添うよう「捜索願ですか？」と聞いた。私は「はい」と答えた。

「いなくなった方とのご関係は？」

そう聞かれた時、困惑した。

婚約者といっても、まだお互いの親にも会っていないし、結婚式の日取りを決めたわけでもない。お互いに結婚の意志を固めただけ。

仮に、親も周りの人たちも私たちの結婚を認めていたとしても、婚姻届を出していない。この状態で、警察のような法律の場で「家族」とは呼べるのだろうか？

そんなことが頭をよぎったが、他に言いようがないので、一応、伝えてみた。

「婚約者の行方が突然、わからなくなりまして」

「ご家族でないと捜索願は出せません」

「でも、でも……」

やっぱり思った通り拒否されてしまった。しかし私は食い下がった。

彼は忽然と姿を消してしまい、もしかしたら、何か事件に巻き込まれているかもしれない、一刻を争う事態かもしれない、と延々と訴えた。

受付の女性は困った顔で「家族以外は」と繰り返した。

すると、そのやりとりを聞いていたのか、近くにいた年配の男性職員が、「すみません。こちらでお話を伺います」と、声をかけてくれた。

よかった！　やっと彼を探してもらえる。

私はミーティングルームのような、パーテーションだけで仕切られた部屋に案内された。しばらくして男性が二人、そこに現れる。

一人はさっき、声をかけてくれた年配の人で、その人は刑事だった。もう一人は若い人で、同じく刑事だと自己紹介した。年の頃は私と同年代くらいだろうか。あまり愛想はよくないが、お茶を出してくれた。

年配の刑事は終始、にこやかに話した。

「まず、あなたのお名前と年齢、住所を教えてもらえますか？」

年配の刑事が私に質問し、若い方が記録する役割を担っている。質問されるままに、自分の身元を話した後、彼がいなくなった経緯を説明した。

「六月二十日から連絡が取れなくなって」

「なるほど」

「勤めている大学に行ったら、同じ名前だけど違う人で」

「出会ったパーティーの主催者にも聞いたんですが、知らないって言われて」

「なるほど」

年配の刑事は私の話に終始うなずいた後、微笑みながら言った。

「まず、被害届を出しましょうか」

ボケてんのか？　おっさん！　年配の刑事は今まで私が丁寧に説明していたのに、捜索願を被害届と間違えたようである。

「捜索願ですよね？」

「いや、被害届。それが受理されないと刑事告訴ができないんですよ」

年配の刑事は、変わらず微笑みながら言った。

「被害届って、何のですか？」

「結婚詐欺のだよ！」

そう言い放ったのは、若い方の刑事だった。

今までの私の話に、彼は相当いらだっていたようで、眉間に皺を寄せ、膝をガタガタと揺すっていた。

年配の刑事は、若い刑事の威圧に泣きそうな顔になっている私を気遣い、やさしく諭すように話しかける。

「初めはみんな、あなたと同じです。自分が詐欺に遭っているなんて、思いたくないんです。大丈夫、みんな、そうですから」

その目は私を憐れんでいた。長いキャリアの中で、何人もあなたと同じような女性を見ている。目じりの皺が彼のキャリアの年輪のように、そう語っていた。

私、騙されたんだ……。この時になってようやく「結婚詐欺」に遭った、と自覚したのだった。

ステージの照明が突然落とされたように、目の前が真っ暗になった。絶望……。

彼に会えれば、きっとすべてが解決する。そんな希望は消えた。

私は放心した状態で、刑事に言われるままに結婚詐欺の被害届を出した。

「彼は逮捕されるんでしょうか？」

帰りがけに年配の刑事に尋ねた。

「手がかりが無いので時間がかかると思います」

「手がかり……。銀行口座は神崎の名前でした。それでわかるんじゃないですか？」

そう、銀行では口座を作る時に、身分証明書を提示するはずだ。しかし、私の問いに刑事は渋い顔をした。

「ただ……。偽造の身分証明書なんて、そういう連中はいくらでも作れるんですよ」

「でも、どうやって？」

「実際に同じ名前の神崎先生はいましたよね？　これから、その先生にも聞いてみますが、おそらく、その方の身分証明書を利用されていますね」

刑事から詐欺について説明される度に、ハンマーで土に埋められていくように、ズンズンと落ち込んでいった。

神崎が私に話したことのすべては嘘だったのか。初めから計算していたのか。

若い方の刑事は、私を警察署の出口まで送ってくれた。

「お世話になりました」と挨拶すると、その刑事は「お気をつけて」とも「お疲れさまです」とも言わないかわりにこう吐き捨てた。

「あのさぁ。これからは、そんなに簡単に引っかからないでもらえる？　俺たちの、しょーもない仕事を増やさないでよ」

同年代だけに私の話をずっと聞いていて、「この女、バカすぎ！」と思っていたのだろう。

こいつの言葉でまたズンッ！　と落ち込んだが、たしかに、この人の言う通りだった。私はバカすぎる。人なんて、そんなに簡単に信用するものじゃないし、余計なおせっかいをするものじゃない。考えてみれば、手術の話を聞いたって、「へぇ、大変だね」と言うだけでよかったのだ。

警察での滞在時間は三時間。外に出るとすっかり夜になっていた。

私は力無く、フラフラとした足取りで家路を辿った。池袋駅西口のネオンの明るい繁華街から、次第に静かな住宅街の道へ。少しずつ灯りが減り暗くなってくるのが悲しく感じる。

身も心もボロボロに疲れ果て、家に着くなりベッドに倒れ込んだ。

その翌朝、私は生まれて初めて会社を休む。

こう言うと、電車に乗ってオフィスに行く会社員のようだが、私の場合は、家の二階から下に降りるだけだ。

別に無理してスーツを着なくてもいいし、化粧だってしなくてもいい。髪の毛ボサボサでスッピンの私がパジャマのまま、ボーっと一階の事務所に顔を出したところで誰も何も文句を言わない。

しかし、それすらできなかったのだ。もう、身体を起こすことも、ベッドから這い出ることさえできない。頭まで布団を被ったまま、丸くなっていた。夕べから、眠っているのか眠っていないのか、それすらもよくわからなかった。

「凜子ちゃん」

瑞希が部屋に入って来た。返事をする気にもなれなくて黙っていた。

「部屋探しのお客さんが来たけど、どうする？」

仕事か……。答えないわけにもいかないな。でも……。

「福田くんに応対してもらって」

私はそう言うと、布団の中にさらに深く潜ってしまった。瑞希は「うん、わかった」と言って、そのまま、またトントンとリズミカルに階段を降りていった。

自分が情けない。普段は周りからシッカリ者だと思われていて、自分でも根拠はないが自信を持っていた。

友達から「デートの時、彼氏に奢らされている」なんて話を聞けば、「そんな男、やめちゃいなよ」と、真っ先に忠告していた。

男性とつきあったことがないとか、そういうわけでもない。だから、まさか、自分が結婚詐欺に遭うなんて。これっぽっちも考えていなかった。

適齢期で出会いのない環境の中にいて、焦りを感じていたのか。そんな時、たまたま出会った神崎が、周りにいないようなタイプで知的な雰囲気を持っていて。

私の方が先に彼に好感を持った。そんな女を、人を騙して生きている詐欺師は見逃すわけがない。

ただ飯でも食って帰ろうと思って入ったパーティーで、不動産屋の社長をやっているという独身女が自分に興味を持って、わざわざ名刺までくれて。

「鴨がネギを背負ってくる」って、このこと? いや、「棚からぼた餅」っていうのかな? とにかく、彼にとってはラッキーだったに違いない。

自信喪失。いや、そんなもんじゃない! 魂を失った!

もう恥ずかしくて、恥ずかしくて。ホントに、このまま地下百メートルくらいの深さに埋まってしまいたい!

今度生まれ変わったら、絶対に地上に出てこないような、地底に棲む、なんだろう? ダンゴ虫のような生物にでも生まれ変わりたい。

そうやって、ぐるぐると昨日までのことを悔やみ、偽神崎を憎み、自分を責めて、昼過ぎになっていたと思う。

「凜子! 起きろっ!」

突然、父親が部屋に入って来て怒鳴った。

本当に、この人にはデリカシーってものが無い。事情を知っているんだから、こういう日はそっとしておいてほしいのに。

「もう！　やだ！　放っておいて」

父に背を向けて、また布団を頭の上まで強く引っ張った。

「起きて仕事をしろ！　みーちゃんと福ちゃんが困ってるだろ」

「わかってる。でも、起きれないの。今日は病欠」

「病欠じゃない！　心が弱いだけだ」

よく言うよ。心が弱いって？　この無神経なオヤジは、私がどんな目に遭ったのか、わかっているのか？

商社にいた頃からコツコツと定期貯金を積み立てていた。五年間もだ。そんな私の貯金のほぼ全額を、一瞬にして詐欺野郎の手に渡してしまったのだ。

銀行はオレオレ詐欺への注意はよく喚起しているが、結婚詐欺にも気を配ってほしい。「振り込む前にちょっと待て！　あなたの彼は結婚詐欺では？」とか。テレビCMでも、電車の窓に貼ってある広告にでも、とにかく出すべきだ。

父はベッドの縁に腰かけて、また話しかけてきた。

「なぁ、凜子」

私は何も答えなかった。返事がなくても、娘は自分の話に耳を傾けているものとして、父は話し続けた。

「あの死体置き場のビルだって、せっかく買ったのに、そのままにしておくわけにいかないだろ」

忘れていた。そうだ、あのビルも買ったまま、それっきりだった。神崎のことに夢中になって、つい後回しにしていたのだ。

「お前には、やらなきゃならないことが山ほどある」

「わかってるよ」

「わかってない。お前はぜんぜん、わかってない」

出た！　また「お前はわかってない」だ。私はよくわかっている。このまま仕事を瑞希と福田にまかせているわけにもいかない。二人ともアルバイトだし、契約関係の事は私がやらなくちゃいけない。

死体置き場のビルだって、このままにしておけない。放っておけば、空っぽの元死体置き場にはもっと悪い評判が立つ。

でも。全然、ベッドから起き上がれないのだ。布団の中でミノムシのように縮こまって丸くなって、息をしているだけで精いっぱい。

「まぁ……、あれだ。人生は、うまくいかない時もある」

父親が慰めてくれているのはよくわかる。その気持ちはありがたい。けど、今回の私の災難は「うまくいかない」なんてものじゃない。

例えば、高校一年の時「アイドルグループのメンバーを一般から公募」という企画に、友達みんなで応募した。

私は運動神経がよくて、ダンスにも自信があったから、友達から「凜子は通るんじゃない」と言われていた。

自分でも絶対に受かると勝手に思い込んでいたが、あっさりと書類選考で落ちた。

あれくらいなら「人生うまくいかない時もある」って言える。

でも今回は、もっと人間の根本的なもの。幼い頃から当然、すべての人にあると思っていたもの。そう、愛情と善意を利用され、そして叩きのめされたのだ。

きっと詐欺師にしてみれば、本当に手間のかからない楽勝の鴨だったに違いない。

神崎の母親の病気の話を聞いて、自分が母を亡くした時に想いを重ね、相手が「金をくれ」と言わないうちに自分から出してしまった。

おまけに、一夜を共にしてしまったのだ。もう！　もう、もうっ！　バカバカ！

父は返事のない娘に向かって、尚も話し続けた。

「落ちたら、次はジャンプしろ！　落ちた分だけバネになる！」

「……」

「凜子。とにかく起きて。飯を食え。飯を食って力をつけろ」

そう言うと父親は部屋を出て行った。

「飯を食って力をつけろ」って。たしか、モジャパンにも、そんなことを言っていたな、と昔のことを思い出した。

モジャパンが毎晩、夕飯を食べに来る度に、黙々とゴハンを口の中に掻き込むモジャパンに、父はテーブル越しに、いつもそう語っていた。

夕方になって、窓から差し込む西日も弱くなった頃、また階段を誰かが上ってくる音が聞こえた。

さっきの瑞希のトントンという軽やかな足音と一緒に、ドスンドスンというもっと体重のある音だ。また、お父さんかな？　と思ったが、父親の足音よりも音は大きい気がした。

「凜子ちゃん。五時なんだけど」

瑞希が声をかけてきた。帰る時間だった。

「あ～、もう帰っていいよ。カーテン、閉めちゃって」

私の返事に瑞希は、意外な事を言ってきた。

「福田さんが、これから飲み会しようって」

「私、外に出る元気なんて無いよ」

飲み会なんて、とんでもない。ベッドから体を起こす力も無いのだ。私は布団の端を握りしめて背中を丸くした。すると福田の声がした。

「いや、ここでしましょう」

「え？」

思わず布団から、ちょこっと顔を出して瑞希と福田を見た。すると、二人とも、すでに缶ビールとスナック菓子を両手いっぱいに抱えていた。瑞希が言った。

「とんかつの出前、頼んでおいた」

「商店街の、岸田の？」

「うん、凜子ちゃんが寝込んでるって言ったら、岸田さん、カニコロッケをおまけしてくれるって」

とんかつとカニコロッケ。その二つのワードを耳にしたら、急にお腹が空いてきた。そう、朝から水さえ口にしていないのだ。

私は、のそりとベッドの上に起き上がった。

「どうぞ」

福田が缶ビールのプルトップを開けて渡してくれた。一口、喉に流し込む。ぅ、ぅう、うまいっ！　その日、初めて口にいれるものがビールっていうのもなんだけど、その時の味は妙に格別な美味しさだった。

「一体、どうしたんすか？　凛子さんらしくない」

「なんか、ショックなことがあったんでしょ？　どしたの？　凛子ちゃん」

思い出したくもなくて躊躇したが、二人に聞かれたので答えた。

「詐欺に遭った」

「えぇっ！　会社のお金、とられたの？」

瑞希もビルのオーナーと同じように、私が投資詐欺に遭ったと思っている。どうやら、周りの人には、私と結婚詐欺は結びつかないらしい。

「それはない！　けど、私の貯金を三百万。結婚詐欺に持って逃げられた」

「結婚詐欺ぃ？　凛子ちゃんが？」

私が結婚詐欺に遭うなんて、素っ頓狂な声を上げた瑞希にとっても驚愕の事件だったと思うが、「結婚詐欺」と大きな声を出さないでくれぇ。

イタタタタッ……！　人から「結婚詐欺」と言われると、心臓に杭を打たれた様に胸がズキッと痛む。

「警察、行った方がいいですよ」。福田は心配そうな顔をしていた。

「もう行った」

「じゃ、捕まったらお金は戻ってくるね」

瑞希も昨日の私と同じことを思っているようだった。

「捕まって刑事裁判の後に、民事裁判を起こさなくちゃ、お金は戻ってこないって」

逮捕と共に金が戻らないと知ると、座にがっかりとしたムードが漂い、三人共、黙り込んでしまった。すると、しばらくして福田が顔を上げた。

「俺の学生時代からの友達が弁護士やってるんですよ。聞いてみますよ。何か助けになるかもしれないし」

福田の申し出がありがたかった。そうだ、こういう時は弁護士を立てなくちゃ。福田の話で、百メートル深く落ちている地底から一メートルくらい、這い上がれた気がした。

それにしても、とんかつはまだか？　お腹が空いて、たまらなくなってきた。

「瑞希。ピザも頼んで」

私がそう言うと、瑞希と福田も「あ、ピザ、いいね！」と笑った。

それからは、近所のランチランキングとか、プリンに醤油をかけるとウニの味になるとか。どーでもいい話をしていた。

ピザよりも先に、とんかつの出前がやってきた。瑞希の案内で岸田が二階にとんかつを持って上がってきた。

「よっ！　生徒会長！　鬼のかく乱だって？」

岸田は私の顔を見るなり思いっきりニヤついた。私はベッドから立ち上がり、「鬼じゃねーよ」と突っ込むと、いつものように彼のお尻に蹴りを入れた。

「ひっでーなぁ。カニコロッケ、おまけに持ってきたのにぃ」

いつものように、蹴られたお尻をさする岸田を見て、私も福田も瑞希も笑った。

そう、普通はこういうものなのだ。弁護士を紹介してくれるという福田や、カニコロッケをおまけしてくれる岸田。

世の中は、こんな風に、ちょっとした善意で成り立っている。偽神崎に騙されて、人を信用していた自分がバカに見え、自分の価値観が間違っていたのではないかと思い始めたが、そんなことはないのだ。ようやく自分を取り戻せた気がした。

「岸田も一杯、飲んでいきなよ」

カニコロッケのお礼にそう言って、岸田に缶ビールを渡した。岸田はそのまま一杯どころではなく、缶ビールを十本近く飲んでヘベレケになって店に戻っていった。

「飯を食え。そして力をつけろ」と父親は言うが、その通りだった。

みんなでワイワイと、とんかつだのピザだのと食べていたら、体の奥の方から、だんだん力が湧いてくるのを実感した。

その日、瑞希は飲み会が終わると、汚れた食器などを洗って片付けてから遅くに帰っていった。使えない子供だ、と散々バカにしていたけど、結構やればできるもんだな、と思った。

夜中にトイレに行こうとして気が付いた。瑞希のオモチャの、何とかレンジャーが私の部屋の窓辺に並んでいる。

赤、青、黄色にピンクに緑……。色とりどりのフィギュアが私のベッドの方に向かって、ポーズをとっている。

別にこいつらが好きなわけでもないが「励まされている」、そう感じた。

何と言っても「凜子ちゃんをレンジャーに守ってもらおう」という瑞希の気持ちが伝わってくる。胸が熱くなった。そんな自分がなんだか悔しい。

「会社にオモチャを持ってくるな」なんてことを、独りつぶやいてみた。

それから数日後、福田が友人のやっている弁護士事務所に連れていってくれた。

「斉藤です」

そう名乗った福田の友人は、テレビドラマで見るようなキビキビした弁護士のイメージではなかった。人を安心させるような、ちょっと抜けた感じが福田に似ている。二人は学生時代に人形劇サークルをやっていて、今でも時々、趣味程度に活動しているそうだ。

そんな親しみやすい感じの弁護士さんだったが、それでも初めて会う人に、恋愛がらみで騙された話をするのは抵抗があった。

私が言いだせないでいると、福田が代わりに概ねの話をしてくれた。補足するように、私はもう少し詳しく騙された手口などを話した。

自分の抱える悔しい思いを、せめて、お金を取り戻すという方法で、少しでも解消したい。本当は偽神崎をボコボコに叩きのめすとか、何か制裁を加えてやりたい所だが、さすがにそういうわけにもいかない。それは警察の刑罰にまかせるとして、自分でできることはお金を取り戻すくらいしかなかった。

「親の病気を持ち出すなんて卑怯な奴だな」

斉藤は警察で事情聴取された時の若い刑事と違って、私の話に苛立つこともバカにすることもなかった。

「逮捕後に民事裁判を起こせばお金は戻ってきますよね？」

私は斉藤に聞いた。裁判を起こしたら絶対に勝つ！　だって、私には何一つ悪いことがないのだから。私なりにそんな確信を持っていた。

しかし斉藤は、「まかせてください！」と胸をたたくようなことはしなかった。その代わり、申し訳なさそうな表情を浮かべた。

「ただ、こういう奴は、入った金はすぐに使っている場合が多いんですよね」

「……というと？」

「裁判に勝って返済や慰謝料の支払い命令が出たとしてもですよ。相手に返済能力がなければ難しいんです」

なんですと!!　金を取り戻せないのか？

斉藤の話では、離婚の調停などでもよくあるらしい。家庭裁判所で養育費などの支払いを命じられても、離婚後一〜二年ぐらいしか支払われないということはざらにあるようだ。

ましてや、その日暮らしで人を騙して暮している詐欺師が、分割払いで長期間かけて支払うなんて、まず無いと思った方が良い、ということだった。

今更もって、滅茶苦茶、悔やまれる。なんで、そんな男が見抜けなかったのか？

なんで、そんな男の言うことを信用してしまったのか？

自分の、男を見る目の無いことに、また、ズドォーーーンと地下百メートルまで落ちこみそうになった。

弁護士事務所からの帰り道。私はずっと黙ったままだった。

駅のホームのベンチに座り、電車を待っている時、福田がふと立ち上がった。

きっと、この沈黙が重かったに違いない。申し訳ないと思うが、今、私の脳の90％くらいは自己嫌悪に占められている。

ベンチの横の自動販売機で福田は飲み物を買っていた。戻ってくると、私にペットボトルのお茶をくれた。

「あ、ごめん。ありがとう」

お茶代を渡そうと財布を出すと、「いいっす。おごりです」と福田は手で遮った。

「それより。結局、お役に立てずにすみません」

「いえいえ、こちらこそお世話になっちゃって」

私も福田もお互いにぺこりと頭を下げた。

その会話の後、また長い沈黙が流れる。私たちは黙ったままお茶を飲み続けた。

お茶は意外と苦くて、渋かった。ペットボトルには「特濃」と書かれていた。

ふ〜ん、この苦い味がウリなんだ。スッキリとか、爽やかとか、いろいろ出ているけど、ま、こういうのも有りだわね。何となく、ボーっとそんなことを考えた。

苦味と渋味が舌を刺激して脳に伝わり、90％を占めていた自己嫌悪が倒されていくような感じがした。

さ、また仕事、しなくちゃ！　私にはやらなければならない仕事が山積みなのだから。帰ったら、父親に弁護士事務所での話を報告しよう。聞いたら聞いたで、がっかりするだろうけど、ずいぶん心配かけちゃったから。

そして、「私はもう大丈夫！」って、元気な顔を見せなくちゃ。ま、これでお父さんも「結婚しろ」なんてウザいことを簡単に言わなくなるだろう。それだけは、よかったかな。そんなことを思いながら家に戻った。

しかし、家に父親の姿はなかった。

また飲みに行っているのか？　娘の心配、してないのかよ！　まったく！

その時は、それぐらいにしか思っていなかった。変わらない日常が戻ったような気がしていたのだが……。

第四章　ワケありビルのイメージチェンジ

翌日から、私は気持ちを切り替えて仕事に集中した。

本当は、きれいさっぱりと結婚詐欺被害の件を吹っ切ったわけではない。久々に芽生えた恋心だったし、ここ数年のうちで断トツに甘い経験だった。それだけに裏切られた痛手は大きい。

仕事に精を出すことで、辛い経験を頭の中から消そうとしていた。しかし、一人になった時に、ふと思い出してしまい、怒りと憎しみと、何よりも自己嫌悪で胸が押しつぶされそうになる。

よく「時間が解決してくれる」と言うが本当だろうか？　今の自分には想像もできないが、それを信じるしかない。とにかく仕事をしよう。

まずは父親が言うように、買い取った死体置き場のビルをどうにかしよう。これは、我が西池エステートにとって今、最も重要な課題だ。

このビルを買うために頑張って銀行の融資を受けたのだから、これをしっかりと売らなければ、借金だけが残ってしまう。失敗はできない。

今回の物件の、イメージチェンジはなかなか難しい。マンションの一部屋ではなく、ビル一棟だ。プレシャス白金に福田を住まわせたように、単に誰かが数か月だけ暮らせば良いという物件ではない。

何と言っても反対運動が今もなお、昨日、今日のことのように世間に知れ渡っている。

そこで、そのビルを明るいカフェにするのはどうか、と思いついたのだ。二階まで席を作って、その上は倉庫や厨房にしておけば良い。広い駐車場もテラス席にすれば、目白界隈のハイカラな雰囲気も手伝って好感度の高いカフェになることだろう。

まずは、以前から「カフェの開業が夢だ」と言っていた友達に、とにかく話してみようと、彼女を誘い出した。


「凜子、相変わらず男前だね」

焼き鳥の肉を、口で串から全部抜いて食べていた私を見て、大森まどかは笑った。

彼女は高校時代の友人の一人で、時々、催される女子会でお馴染みの顔だ。

私たちの母校は進学校の女子校だったが、まどかは大学には行かず、卒業後は調理師の専門学校に進み、今は四谷にあるカフェバーで雇われ店長をしている。

そのうちに自分の店を開くことを目指し、飲食店で修業しながらコツコツとお金を貯めているのだ。

ゆるいパーマがかかったくせ毛のせいか、まどかは昔から、ふわっとした柔らかい雰囲気を持っている。守ってあげたいタイプというのだろうか。笑うと包み込むような可愛らしさがある。高校生の頃は、電車の中で顔を合わせる他の学校の男子から告白されたこともある。私とは対照的に女子力の高いタイプだ。

それでも、私たちがアイドルグループの公募にこぞって応募した時に、まどかだけは「私はいいよ」と応募しなかった。私たちは彼女なら絶対に通るんじゃないかと思って、しばらく説得していたが、「人前に出るより、何かを作ったりして人を喜ばせる方が好きなんだよね」と言って、関心を示さなかった。

周囲の期待や印象と、自分のやりたいことって違うものなんだな、と高校生の私はその時、生まれて初めて知った。

そんな風にまどかは結構シッカリした性格で、今も着実に自分の夢に向けて日々努力をしている。会えば昔のようにバカばっかり言い合っているが、彼女の粘り強く頑張るところを私は認めている。

「最近、どう？」

ジョッキのビールを半分ほど飲んだ頃、まどかが聞いてきた。「最近、どう？」、これは私たちの間では、お決まりの質問だ。

そう、その内容は「男子」のことと決まっている。

「まどかの方こそ、どう？　最近」

もし、まどかが結婚前の幸せな状況だったら、私の話は縁起が悪いので話さないでおこう、と思ったのだ。まどかの女子力は女の私から見ても上々なので、その確率は非常に高い。

「サッパリ！」

「いが〜い！　まどかモテそうなのに」

「ん〜、でも仕事場じゃ店長だから、結構キツイこと言っちゃうし。他で男性と知り合う機会もないからね、もう、サッパリよ」

まどかはジョッキに残っているビールを飲み干した。

私は少々、安心した。ここ一〜二年、結婚ラッシュが始まって、最近は本当にばたばたと同志が消えていなくなっていく。私が結婚詐欺に騙された背景の一つだと言ってもいいくらいに。

「凜子は？」

まどかも私と同じように、同志が消えていくことを恐れているのだろう。

「男のいない惑星に行きたくなるほど、酷い目に遭った」

「尋常じゃないね。どうしたの？」

「騙された。詐欺」

まどかは一瞬、言葉を失っていた。そして、

「結婚詐欺なんて、テレビのニュースの中の話だと思っていた」と言った。

私だって、自分が被害に遭うまでは身近で起きることなんて思っていなかった。

「バカだよね……」

また情けなさと悔しさが胸にこみあげてきた。すると、まどかは暗い顔に変わった私の肩に手を置いた。

「忘れよ。次の恋を探そう」

まどかはなぐさめるように、私の肩をさすった。

久しぶりに会った友人の優しさに感動した、と同時にダムの水門が開いて放水したように、自分が遭った酷い仕打ちを語らずにはいられなくなった。

自分の話をバカにしないで聞いてくれる女友達はありがたい。おかげで、今日の本

題を思い出すまで二時間もかかってしまった。そう、今日は死体置き場のビルでカフェをしないか、という話をまどかにする予定である。

「そういえば。まどか。カフェの夢はどう？　叶いそう？」

「う〜ん、まだ二年くらいはかかりそう」

やった！　いや別に友達の夢が遠く叶わないことを喜んでいるわけではない。

「無料で貸せる物件があるんだけど、まどかのカフェに使わない？」

「えっ？　何？　いいの？」

まどかはすぐに食いついてきた。

すかさず、バッグから物件の大きさや場所がわかるような資料を出した。

「目白通り沿いで、駅から六分だよ」

「すごいじゃない！　あの辺って、家賃も高いよね？」

「でしょ？　それに雰囲気もいいから、まどかのやりたいようなカフェに合っていると思うんだよね」

「いい！　すっごくいい！」

まどかは私から奪うようにして資料を手に取った。しばらく眺めてから、ふと真顔に戻る。

「ところで凜子。無料の理由は？」

ほい、来た！　聞かれるのはわかっていた。そう、私がまどかのことをよく知っているように、まどかだって私が今、ワケあり物件を扱っていることはよく知っている。

「死体置き場」

「死体かぁ。本物の死体？」

「偽物の死体を置いてどうする？」

「だよねぇ。それ、どこの階？」

「全部。ビル全体」

「ひゃあ〜〜〜。それぇ、引くな〜」

まどかは資料を閉じて、居酒屋の天井を見上げた。吊るされた飾りの提灯を見つめたまま、しばらく黙っていた。エアコンの風で、提灯はかすかに揺れている。

「どうかなぁ？」

その沈黙にしびれを切らし、私はまどかに問いかけた。

「期間はどれくらい？　あまり短い期間だと、お店の内装とかの準備で赤字になっちゃうんだけど」

「半年は大丈夫。よければ一年くらい使っていてもいいよ」

「う〜ん」

まどかは唸ってばかりで、なかなか「ＹＥＳ」とも「ＮＯ」とも答えてくれない。

一旦、閉じた資料をまた開いて眺めた。

「この駐車場も広くていいなぁ。オープンテラスにもできそうだし……」

「でしょでしょ！　この通り、街路樹がきれいだからオープンテラス、いいと思うよ」

まどかの背中を押すように勧めた。しかし、まどかはまた天井を見上げて考え始めた。

やはり無理か……。何と言っても有名な死体置き場だ。初めての自分の店をオープンするのは誰だって嫌がるだろう。私は半ばあきらめて、ビールをチビチビと口にした。しかし、まどかは顔を下げ、私の目を見つめた。

「凜子、私、やるわ」

「そうこなくっちゃ！」

私はポンと手を打った。そして、改めて乾杯するために新しいビールのジョッキを注文した。

それからすぐに、まどかはオープンの準備を始めた。

駐車場には街路樹に合わせるように、グリーンの鉢が置かれ、椅子とテーブルが空間に余裕を持って配置された。これなら犬の散歩がてらに、ペット同伴で立ち寄ることもできる。ぜひ、そういう犬連れのマダムに利用してもらって、通行人から見たら優雅な雰囲気を漂わせている、思わず立ち寄りたくなるような店になってほしい。

室内には木製のテーブルを並べた。まるで軽井沢のカフェにでもいるような、明るいながらも落ち着いた居心地の良い空間だ。これなら半年ほど任せておけば、きっと大丈夫。

人間の記憶なんて曖昧なものだ。通りの店がある日突然違う店に変わっても、「ここって前は何だっけ?」と思うくらいに、すぐに忘れてしまうものなのだ。

ワケあり物件のイメージチェンジは、人々が凄惨な事件や不気味な過去を忘れてしまうほど明るい雰囲気に変えること。マンションの部屋なら、気持ちの良い挨拶ができる気さくな住民を住まわせる。

業務用ならば、以前のイメージを払拭するような華やかなイメージのテナントを入れる。

これが、私が今までの経験で得た「ワケあり物件イメージチェンジの鉄則」だった。

そんなある日、私の携帯が鳴った。発信元は私の叔母であり、瑞希の母親でもある五月おばちゃんからだった。

「おばちゃん？　久しぶり」

「いつも瑞希がお世話になってます」

「やぁだ、水臭い言い方、やめてよ。実際、世話してるけど。ハハハ」

瑞希のことは、おばちゃんにあれもこれもと、チクってやりたい。でも、ここはこの程度で勘弁してやろう。初めから「まともな大人にしてあげて」と頼まれているのだから、あえて多くは語るまい。

「法事のことなんだけどね」

法事というのは母親の十三回忌だ。この所、忙しかったし精神的にも参っていたしで、忘れていた。しかし、たしかに今年は十三回忌である。母が亡くなってから、ずいぶん経ったんだなぁ……と、ふと、年月の過ぎる早さを感じた。

「お寺さんに連絡したり、いろいろあるでしょ？　手伝おうか？」

「大丈夫。こっちでやっておく」

「そう。お願いね」。叔母はそう言って電話を切った。

父親に法事の話をしなくちゃ。父のことだから、すっかり忘れているかもしれない。

七回忌の次が十三回忌であることも、知っているのかどうか。

そう思って私は足を速め、事務所に戻るとすぐに父の姿を探した。

この時間だと、いつも事務所のソファに寝ころんでうたた寝をしているのだが、事務所に父親の姿はなかった。

その代わり瑞希が珍しくパソコンに向かって何やら仕事をしていた。朝、頼んでおいたチラシを作ってくれているようだ。

瑞希にソフトの使い方を教えておいて本当によかった。途中、覚えの悪さに思わず挫けそうになったけど。こうして少しでも成長した瑞希を見ると、自分の努力に涙が出そうになる。

ところが瑞希の横を通り過ぎた時、チラシ作製ソフトと全然違うものがパソコンの画面に見えた。

ディスプレイいっぱいに広がる古城の中で、斧を振り回すモンスターをシュン、シュン、と音を立てて、戦闘プリンセス・キャラ名「みずっち」が撃ちまくっている。

こ、こ、こ、こいつ！　またゲームをしているのか⁉

それにしても全然、弾が当たっていない。仕事をさぼってゲームをするわりに、とても下手っぴだ。運動神経というものが、そもそも瑞希の体には備わっていない。

「さっき、五月おばちゃんと電話で話したよ」

私は頭ごなしに怒るのを我慢した。

「ふーん」

瑞希は気のない返事をしたばかりか、画面を見られているというのに、ゲームをする手を止めなかった。

く～～～っ、なめられている！　少しショックを与えてやりたくなった。

瑞希の背後から耳打ちする。

「瑞希をクビにしていいって」

すると瑞希は椅子から飛び上がり、さらに回転椅子が回ったタイミングで、滑って床に転げ落ちた。

「ウソでしょっ？」

「うっそ～。わはははは。クビにされたくなかったら、ゲーム、やめなさい！」

瑞希は立ち上がって大人しくゲームの画面を閉じた。

私は父親に、母親の法事の事を話すために二階に上がって行った。トイレの扉の小窓から、中の灯りが見える。いた、いた！

トイレのドアをノックした瞬間、中から扉が開いた。出てきたのは父ではなく福田であった。

「うわっ！」

父だと思って扉をドンドンと手荒に叩いたことが恥ずかしい。

「凜子さん、おかえりなさい」

「間違えちゃった！　ごめん！」

「いや、こちらこそ」

福田は別に自分が悪いわけでもないのに、私を驚かせたことを謝った。そして、私が誰かを探していることを察知してか、

「瑞希さんなら、下ですよ」と教えてくれた。

「うん、知ってる。そうじゃなくて、ほら、うちのポンコツ」

福田は私の返事に「ポンコツですか？」と首をかしげながら、階段を降りて行った。

「ポンコツ＝父親」なのだが、他人にはわかりにくかったか？　福田が見せた表情から、少々自分の口の悪さを反省し、その後も台所だの風呂場だのと父を探しに行ってみた。しかし、父親の姿はどこにもなかった。

まだ三時だっていうのに、また飲みに行っちゃったのか。父親の行動は手に取るようによくわかる。この辺りは、昼間からでも酒を飲める飲み屋がたくさんある。

近頃は父親の友人たちもみんなリタイアして暇になっているので、おじいさん同士、よく誘い合って昼間から飲んでいる。

飲み屋は昔ながらの店もあるが、昔ながらだけに女将も年を取っていて、

「来たよ、ババア」

「ジジイ、いらっしゃい」

なんてキツイ挨拶を、入店の度にお約束通りに交わしている。私から見れば、ちょっとコワイ感じだが、それはそれで楽しいのかもしれない。

でも、新しい店ができると新しい女将を目当てに、父親たちはその店に足しげく通い始める。ま、すぐに飽きて、またいつものババアの店にたむろするようになるのだが。

どうせ今日も、新しくできた店に若い女将目当てで行っているのだろう。まぁ、若いといってもそれ程でもなく、いつものババアの店とどこが違うのかよくわからない。それに父は彼女を四十代だと言うが、大体十五才くらいサバを読んでいるとも思う。私にとってはどうでもいいことだが、亡くなった母親が知ったら、つくづく情けなく感じることだろう。

その母親も亡くなって早十年以上。もう十三回忌を迎える。思えば父も年頃の娘と

二人暮らしでは、女の人とつきあうどころではなかっただろう。

もしも今、父親に良い人ができて再婚すると言いだしても、私は反対せずに、温かく祝福してあげよう。父の姿を探しながら、そんなことを思っていた。


さて、まどかのカフェがオープンしたので、また様子を見に行くことにした。

きっとテラスの席は満席で、賑やかな明るい雰囲気になっていることだろう。ちょうどランチタイムだし、少し手伝ってあげようかな。そう思って出かけていったのだが。


「凛子……。ごめん、撤退する」

まどかが、そう打ち明けた。

「もう？　なんでー？」

「なんでってさぁ。見てよ、ガラガラよ」

確かにお客は私以外、誰もいない。時間は昼の十二時半。本来だったらランチの客でいっぱいのはずだが。どういうわけか？

「こういうわけよ」

まどかはノートパソコンを開いて、飲食店の口コミ情報を見せてくれた。

〈食べていると、なぜか背筋がゾッとする。元死体置き場らしい〉

その発言にたくさんのコメントがついていた。さらに……。

〈ビルの上の階の窓からお婆さんがこっちを見ていた。誰もいないはずなのに……〉

〈空席の隣のテーブルに人の気配〉

……などなど。数えきれないほどの投稿がある。

「ばかばかしい！」

「私だって、幽霊なんて信じてないよ」

「まどか、こんな誹謗中傷に負けちゃダメだよ」

励ましたつもりだったが、まどかはもっと冷静に考えていた。

「毎日、こんなにガラガラじゃ、赤字になっちゃって。続けられないよ」

「う～ん……」

確かに、まどかの言うとおりだ。仕入れた食材を使い切れずに捨ててしまったら、それだけでコストはかさむ。

それに経費は仕入れ代金だけじゃない。光熱費もかかるし、第一、収入がなければ、いくら家賃がタダだとしても、まどかの大事な貯金を食い潰すだけになってしまう。

それでは、いつか本格的に開業したいと思っている夢も、どんどん遠のいていってしまうだろう。

「ごめんね、凜子がせっかく声をかけてくれたのに」

「いいよ、いいよ。こちらこそ、なんか。ごめん」

残念だが、まどかを引き留めることはできなかった。


私はまた頭を悩ませて、イライラしながら狭い事務所の中を歩き回っていた。

「死体置き場ですか？」

福田はあいかわらず暢気だった。

「まぁね……。どうしたものか」

「僕も何か考えますよ」

福田は腕を組んで考え始めた。たとえ、いい案が出せないとしても、福田のこういう、人の気持ちに寄り添うような態度には心が和む。

私も腕を組んで目を閉じ、何か思いつかないかと一生懸命、考えてみた。

シュ一ン、シュ一ン。ダダダダッ！　ズブ～……。ギャーッ！

瑞希のパソコンから出てくる、ゲームの機械音が耳障りだ。

「うっるさーい！　ゲームをするなって！」

瑞希はコンビニのおにぎりを片手で食べながら、ゲームを続けている。

「え〜、だって今、私、昼休みだよぉ」

そうだった。瑞希は今、仕事中ではない。休憩時間に何をしようと彼女の勝手だが、全く仕事場でと愚痴の一つも言いたくなる。

ふと、瑞希のパソコンの画面を見ると、廃墟化した病院のシーンだった。そこでは、顔中に包帯を巻いたり、血だらけのパジャマに身を包んだゾンビたちがウロウロしていた。

「キモイ！」

よく、こんなの見ながら、物を食べられるな……。瑞希は、そういう組み合わせを気色悪いと感じる神経を持ち合わせていないのか？

「これね。今、超人気の『ブラッディ・ホスピタル』」

「なんだよ。ブラッディ・ホスピタルって。大体、病院と血は普通、コンビじゃん。変なタイトル！　何よりもその音よ。キモイ！　やめてよ」

「これ、いいじゃないですか」

耳をふさいでヒステリーを起こしそうになっている私に福田は目を輝かせた。

「あー、もう、福田くんまで」

「いや、死体置き場のイメージアップに」

福田が何を言っているのかわからなかった。

「そうだよ！　これいいよ！　凜子ちゃん」

「瑞希、アンタ、変態？　こんなものがどうイメージアップにつながるのよ？」

「お化け屋敷にするの。いくない？」

何を言い始めるのだ。このメンヘル娘！　自分の変態趣味を仕事で楽しもうというのか。大体、怖い印象を上塗りしてどうする？　イメージアップどころか、さらに急降下してしまう。猛然と説教してやろうと、

「あのさぁ、ビジネスっていうのは……」と、瑞希に話しかけた時だった。

「お化け屋敷で集客に成功した商店街があるんですよ」

ん？「集客に成功」とは。ちょっとビジネスらしい前向きな言葉じゃないか。それを詳しく知りたくなった。

「どういうこと、福田くん？」

「商店街の過疎化で使っていないビルがあったんですよ。それでそのビルをお化け屋敷にしたら、行列ができるほど人気が出て。テレビでも紹介されて。遠くからも人が来るようになって。お化け屋敷自体の収入も含め、結果的に商店街も恩恵をこうむる

ことになったそうです」

「なぁるほど……」

このまま、まどかのカフェが撤退して空きビルになったままでは、結局、「ほら、やっぱり幽霊が出る」とか「死体置き場がゴースト化」とか噂されて、イメージはもっと悪くなる。またテレビで「その後の死体置き場」なんて放送されたら、それこそ最悪だ。

それならば、子供の夏休み期間だけでも、アトラクションに利用した方がいいのかもしれない。当たるかどうかはわからないが、人が来なくても飲食店のように食材が腐るのを心配することもない……悪くない。

しかし……。私はお化け屋敷を作ったり、運営したりする、そんなノウハウを持っていない。

「でも。どうすればいいんだろ？　高校生の文化祭レベルでお金をとるわけにもいかないでしょ？」

「人形劇団の友達に協力を頼んでみますよ」

確かに福田には趣味でやっている人形劇の仲間がいる。しかし、お化け役の人材だけでは、やはり文化祭レベルではないだろうか？　遊園地のお化け屋敷とまではいかなくても、もう少ししっかりとした作りでないと……。

「内装とかは？」

「舞台美術が得意な奴もいるんですよ。それに、テレビのセットを作る会社なんかも知っているので、聞いてみましょう」

なるほど。実制作も何とかなりそうだ。しかし、プロの制作会社に依頼をするって、もしかしたら莫大な費用なのでは？

「いくらくらいかかるものなの？」

「う～ん、一概には言えないですねぇ。セットの規模やクオリティによって、金額は変わりますから」

「あまり予算はないなぁ……」

「わかりました。いくつかの企画案とそれに合わせて、見積もりも作ってみますよ」

福田はアルバイトだというのに企画の立案からやってくれるみたいだ。申し訳ないと思うが、私には何の手立てもないから、今回は甘えることにした。

その後、福田は夜遅くまで会社に残り企画書を作ったり、協力してくれる人材を手配してくれたりした。私はと言えば、福田が出してくれる案を確認する程度で、「お化け屋敷プロジェクト」はどんどん進んでいった。

見積もりを出してもらうと、そこそこ見映えもよく、安全性を維持した丈夫なセットを作っても、それほど高額ではなかったので、私は最終的に「お化け屋敷」の実行を決断した。

そして工事が始まると、数日後にはあっという間にセットが完成した。

ビルには「恐怖病院」と、おどろおどろしい文字とイラストで、大きく看板が立てられた。何とも恐そうな雰囲気。

「凜子さん。試してみてください」

「えっ！　私？　やだぁ、こういうの苦手」

福田から、オープン前にお化け屋敷の中に入るように促された。だが、はっきり言って気持ち悪い！

幽霊なんか信じてないけど、ホラー映画とか大の苦手！　こう、来るぞ来るぞという恐怖を煽った雰囲気から一転、想像もしていない場所から怪物が出てきたりする、あの心臓に悪い状況がキライなのだ。

「凜子ちゃん、入ろう、入ろう！」

瑞希が私の腕を引っぱった。なぜ、こんな所に入るのに、そんなにウキウキできるのだろう？　本当によくわからん！

「入ってくださいよ。一応、主催者として知っておかないと」

躊躇している私の背中を福田が再び押す。まぁ、確かに……。どんなことをやっているのか、立場上、内容を知っておかなければならない。

「床に蛍光塗料で矢印が書いてありますから、それに沿って行ってください」

福田に教えてもらって、私は瑞希と一緒に中に入ってみた。真夏の屋外から室内に入ると、一瞬、ヒヤッとする冷気が身を包む。何も見えないほど暗かった。

すぐに目が慣れると、まずは入ってすぐの場所に、普通の病院のように受付があり、「受付」と書かれたプレートが、傾いたままユラユラと揺れている。

どうやって動かしているんだろう？　電気で動かしているのだろうが、自然の風で揺れているようだ。プレートの付け根を覗き込んでみた。

「あ、凜子ちゃん、そっちは……」

瑞希の声とほぼ同時に、いきなり「ガァァァ〜ッ！」と、受付カウンターの下から、二人のゾンビが現れた！

「フギャーッ！」

思わず両手を上げてひっくり返ってしまった。まだ入ったばかりなのに。こんな自分、この恐怖病院の中を最後まで歩ききれるんだろうか？

気を取り直して二階に上がるための階段へ向かうと、血だらけの看護師や、瀕死の状態で唸り声をあげる負傷兵が座っている。昔の戦場の病院という設定だ。

この人たちが、いきなり動きださないかビクビクしながら階段を上っていったが、そこでは誰も立ち上がったりしなかった。後で聞いた説明によると、階段は足元が危ないので、急に驚かすことはしない仕掛けにしたようだ。

二階には長い廊下があって、正面に「手術室」という表示が光っている。何か起きるとわかりつつ歩いていると、途中の扉から、案の定いきなり幽霊が出てきて、私はギャーギャー叫びながら廊下を走って逃げた。

「キャハハハ！　凜子ちゃん、面白ーい！」

取り乱してヨレヨレになっている私を見て瑞希は声を上げて笑った。まるで、いつもの仕返しをしているように。くそっ！　笑え！　好きなだけ笑ってろ！　ここを出たら、何か大変な仕事をさせてやる！

その後、手術室の中では、不気味な医者と看護師が遺体らしきものを解剖していた。三階には棺桶だらけの霊安室や、血だらけのバスタブとか、ホルマリン漬けの脳ミソとか、それはもういろいろ気持ち悪い趣向が凝らしてあった。

お化け屋敷は三階までで、四階と五階は倉庫や更衣室、休憩室などに使われていた。

ビルはこのアトラクションにはちょうど良い大きさだったようだ。

なかなか臨場感あふれる立派なセットが完成したが、これで本当にお客が来るのだろうか？　心配だった。死体置き場で有名なビルがある日、お化け屋敷になる。通行人はこの変化を「気持ち悪い」と思うだけではないのだろうか？

私自身がこの手の物が苦手だということもあり、こうしてすべてがセッティングされた今でも、お化け屋敷が成功するイメージが浮かんでこなかった。

私はゾンビに扮している福田の人形劇団の友人に、さりげなく尋ねた。

「死体置き場がお化け屋敷になって、気持ち悪くないですか？」

「気持ち悪いです」

思った通りの率直な返事。

「そうですよね〜」

私が困った顔で頭を掻きむしり始めると、そのゾンビは不気味な特殊メイクの表情を崩した。

「でも、その気持ち悪さが、かえってワクワクするんですよ。もしかしたら、本当の幽霊でも混じっているんじゃないか、このお化け屋敷は他の子供だましと違うぞ、って思うようなね」

理路整然と説明してくれるゾンビのその声は、どこかで聞いたことがある。ゾンビの顔をよく覗き込んでみると、それは神崎の一件を相談した弁護士の斉藤さんだった。

そういえば斉藤さんも、福田の人形劇仲間だった。

「あれ？　斉藤さん！　お仕事の方はいいんですか？」

「個人事務所なので、その辺はテキトーに……あはは」

斉藤は照れながら笑った。その言い方は、このゾンビ役を心から楽しんでいることが伺える。

さてその後、一旦事務所に戻った私はパソコンを開き、どのくらいの利益が出れば良いのか、どのくらいの入場者があれば黒字になるのか、損益計算書などを作ってみた。

開催期間は子供の夏休みに合わせて、九月の第一日曜までの予定だ。評判が良ければ延長しても良いが、おそらく学校が始まれば客は激減するだろう。

飲食店のように食べ物を扱うわけではないが、客足が減ったからといって、お化け役などスタッフの人件費は減らすことができない。だから期間延長は考えにくい。

また、どのくらいの人が来てくれるのだろうか？　土日は親子連れでにぎわうかもしれないが、平日はそうでもないだろう。

入場料はいくらにするか？　小学生だけで来ることを想像すると、あまり高い料金を設定するわけにもいかない。五百円か、せいぜい千円までだろう。

仮に入場料を五百円として、入場者数の予測値と合わせて計算してみた。一か月ちょっとの開催で採算はギリギリ、赤字にはならない程度か……という感じだった。

本来の目的は、ワケあり物件のイメージアップであるから、お化け屋敷自体に大きな儲けがなくても、ここは良しとしよう。妥協的な考え方ではあるが、あくまでも物件のイメージチェンジが目的なのだ。

でも、まったくお客さんが来なかったら、どうしよう……。

まどかのカフェだって、味良し、雰囲気良しの、女の子好みの素敵なカフェだった。元死体置き場という評判意外に何か悪かったとは思えない。同じ場所で始めるイベントなだけに心配だった。

人が来なければ、ビルのイメージは更に悪くなる。そして売り難くなってしまう。お化け屋敷イベントが儲からなくても良いが、とにかく「人が集まる賑やかな場所」に、しなければならない。

福田も瑞希も、そして福田の友人まで「上手くいく」と言ってくれるが、不安を拭いきれなかった。

そしていよいよ、オープン当日。

ちょうど夏休みということもあってか、平日の昼間というのに近所の子供が、ちらほらとやってきた。でも少ない……。

このままでは、いけない、何か集客方法を考えなくては。事務所に戻りウロウロと歩いて考えていた。

「チラシを作って配ってみましょう」

福田によると、彼の人形劇団は基本的に保育園や幼稚園、地域の子供会などにボランティアで行っているので、一般の小劇団のように集客で苦労することはないらしい。

一方、多くの劇団の場合、客集めというのは結構、みんな力を入れているらしい。

通行人にチラシを配ったり会場の前で呼び込みをしたりと、小さな努力を積み重ねているそうだ。そんな話を聞いて試しにチラシを配ることにした。

「できた！」

私はパソコンで簡単なチラシを作ってみた。プリンターから出てきた用紙を得意気に瑞希と福田に見せた。

「なんか、つまんなそう」

唇を突き出した瑞希はあからさまに不満そうだった。

「えー、せっかく作ったのに。なんでそういうこと言うの！」

必要な要素はちゃんと入っている。つまらないも何もない。

「だって、字ばっかりなんだもん。なんか、つまんなそう」

「じゃ、瑞希が作ってみなよ」

悔しいので、瑞希にチラシ作りをさせてみた。

どうせ大したことないに決まっている、という思いに反して、瑞希はオドロオドロしいイラストを入れて、あっという間に面白そうなチラシを完成させた。

不動産のチラシなどを作っているうちに、ソフトの使い方には慣れていたようだ。以前よりもずっと、早くて上手くなっている。元々、ゲームだの漫画だのが好きなので、その手のセンスも私よりも備わっているのだろう。

私よりも面白そうなチラシを作ったことは悔しかったが、正直、瑞希の成長ぶりに驚きと共に喜びを感じた。

その後、目白駅と池袋駅西口の人通りの多いところで、私たちは手分けしてチラシ配りを始めた。蒸し暑い夏の日、街中でのチラシ配りは汗だくになって大変だったが、普段はさぼってばかりの瑞希でさえも嫌がらずにやってくれた。福田や福田の友人たちも、ビルの前で声を張り上げ呼び込みをしてくれた。

そんな皆の努力が実を結び、徐々に若い学生らしきグループやカップルが、次々とやって来て、少しだけだが、入場待ちの行列もできるようになった。

「キャァーッ!!」「こないでーーっ!」

黄色い叫び声がビルの外まで聞こえる。廃墟となった古い病院に設定されたお化け屋敷の評判は広まり、客足は増え続けた。

最近、SNSやネットの口コミというのは、想像以上のスピードで広がって行く。まどかのカフェのケースのように悪い評判が立って困ってしまうこともあるが、「面白いこと」に関しても同じように噂が噂を呼んだ。

一度、お客の評価が定まってくると、今度は池袋の街を紹介するフリーペーパーや、テレビの情報番組で取り上げられるようになり、来場者はその度に倍増していった。社会人も夏休みをとる八月のお盆の時期になると、行列は二時間待ちなんて日も出るようになった。

小学生でも小遣いで入れる程度の値段がまた、手頃だったのかもしれない。リピーターも多かった。

初めは一人あたりの単価が安くて儲かりそうにない気がしたが、入場者が入ってから出るまで五分程度。飲食店を営むよりもずっと客の回転が早い。

交代でお化け役に入ってくれた福田の友人らの人件費などの経費を差し引いたとしても、お化け屋敷の運営は利益を上げ続けた。


ある日、ふと、あることを思いついた。

「ねぇねぇ、私もお化け、やってみようかな」

お化け役の福田たちが、なんだかとても楽しそうなのだ。私も何かに扮して、人を驚かせてみたたなった。

「あ〜っ、やりたくなっちゃいました？　癖になりますよ」

「私もやりたい！」

名乗り出た瑞希と一緒に、特殊メイクをしてもらって、看護師ゾンビに扮しビルの中でお客を待った。私たちは血のついた白衣を身にまとい、手術室の隅っこで背中を向けて注射器を布で拭いていた。

部屋に人が入ってくると、ゆっくりと後ろを向き、「オホホホホーーッ！」と、高笑いしながら口から血を吐きだす。

「ぎゃーーーっ！」

私の顔を見て、女子高校生たちが絶叫！

「やだやだ！　おかあさ〜ん！」

茶髪で見るからにヤンキーの高校生たちが、泣きながら走って逃げる。

めっちゃ、めちゃ、楽しい！　快感！

福田の言う通り、これは癖になりそうだ。お化けに扮することが結構気に入ってしまった。何と言ってもストレス解消になる。

つい最近まで、結婚詐欺のことで落ち込んでいたことが嘘のように、気分が晴れ晴れしていくのを感じた。実は、夜になると思い出し、自己嫌悪に陥って眠れなくなる日もあったのだ。

しかし、昼間、お化け役で体を動かし大きな声を出していると、なんと、いつの間にか寝つきもよくなっていた。

ちょうど、賃貸市場に動きの無い夏の時期ということもあり、不動産の仕事は暇だったので、週に二〜三回もお化け役に入ってしまった。

お化け屋敷が軌道に乗ってきた。ビルを売りに出すタイミングだと感じていた。

まずはインターネットと不動産の業界誌に「五階建て　目白通り沿い　駅から徒歩六分　築浅」と不動産情報として必要な条件と金額をのせた広告を出した。

すると、すぐに何人かがビルを見に訪れた。

「わ！　すごい行列ですね」

一番初めに来たある商社の人は、駅の近くからビルの入り口まで、長く続いている行列を見て驚きの声をあげた。

「八月に入ってからは毎日こんな感じです。この間の日曜は、来場者が千人を越えました」

その集客を自慢気に語った。

「うちは、チェーンの飲食店をいくつか持ってまして。自社のテナントを入れるビルを探しているのです」

「そうですか！　丁度いい物件だと思います。ここは駅前ではないですが駐車場がありますから、車での来客も見込めますよ。御社の回転寿司のお店やファミリーレストランにはベストじゃないでしょうか」

先方がビルを買った後の計画を少し話してくれたので、それに合わせて物件を売り込んだ。

「いいですね！　早速、社に戻って検討させていただきます！」

なかなかの好感触！　いい返事がもらえると良いのだが。

その後も、数社がビルを見にやってきた。

「一番初めに来た方の正式な返事をいただいてから、連絡をさせてください」

購入希望の投資会社の人にそう言うと、相手は「今ついている値段より上乗せするから、うちに売ってほしい」と、売却を迫った。

ええ！　美味しい話だ！　このまま高く買ってくれる会社に売ってしまってもよかったのだが、この話に躊躇する。義理堅く順序を守るということは、案外大切な気がしたのだ。

「すみません！　お返事をいただいてから連絡させてください」と、頑なに自分の直観を貫いてしまった。それがいいのか悪いのか、自分ではよくわからない。でも、こういう、つまらない事に真面目なところは、父親似なのかもしれない。

翌日には最初に興味を持ってくれた商社の担当者から「購入決定」の連絡が入った。改めて支払いの件などを確認した後、契約書の作成に取り掛かった。

「高値で買いたい」と言ってくれた投資会社に、断りの連絡をするのは申し訳なかったが、うちがワケあり物件を扱う会社だということを知ると、その人は強い関心を示してくれた。

「また、良い物件が出たら、ぜひ一番に知らせてください」

次の仕事につながりそうな、手ごたえも感じた。

こうして死体置き場のビルは、商社がビル全体に自社ブランドの飲食店を入れることになる。

売り払って手が離れてしまえば、もううちには関係のないことだが、手をかけてイメージチェンジさせた死体置き場が人々が楽しい時間を過ごす店に変わるのは嬉しい。何というか、手塩にかけて育てた子供が立派に巣立っていくような、そんな気分だった。

「では、これで契約は成立ということで」

「ありがとうございます」

最後に契約書を交わした時、書類に十億という金額のゼロがズラリと並んでいるのを見て、思わず手が震えてしまった。家業を継いでから、初めての大仕事を成し遂げた瞬間だった。

「福田くんのおかげだよ」

「いや、ぼくは何も」

今回のイベントは企画から運営まで、福田がいなかったら成し遂げることはできなかった。だが福田は相変わらず、謙遜しニコニコしながら頭をかいている。

福田を社員にしたいと思った。今後もこの調子で大きな仕事を手掛けるようになると、私一人ではとてもやっていけない。

「これを機会に社員にならない？」

思い切って福田に尋ねてみた。

「まじすか？　なりまっす！」

福田はアルバイトを頼んだ時と同じように快諾してくれた。

そして福田の歓迎会と仕事の成功を祝って、ちょっとした宴を催そうと考えた。思えば、福田にはアルバイトとしては十分過ぎる位にいろいろやってもらった。しかし一度も歓迎会など開いてあげたこともない。この間、初めて我が家の二階の私の部屋で飲み会をしたが、あれはこちらが励ましてもらった会だ。それに弁護士さんまで紹介してくれたのに、その件で、何のお礼もしていない。

福田と瑞希と父親と。西池エステートのメンバー四人で、何か美味しものでも食べよう。もっと団結を固め、今後の西池エステートの発展を願おう！

「ねぇ。福田くんの歓迎会をかねて、宴会をしようと思うんだけど、どこがいいと思う？」

その夜、風呂上りで茹でタコのように湯気を出している父親に、それとなく聞いてみた。普段、近所をあちこちと飲み歩いている父なら、どこか良いお店を知っているかもしれない。そう思ったのだが。

「俺、焼肉」

またぁ……。ホントに父は焼肉が好きだ。この人は近所の店の特上カルビがこの世で一番おいしい食べ物だと思っている。父に聞いたことを後悔しかけたが、ふと思い直した。

考えてみれば、同じ網で肉をつつきあうのも懇親会としては悪くない。むしろ「同じ釜の飯を食う」的な連帯感が生まれるではないか？

それに、我が家がごひいきにしている、あの焼肉屋のカルビは柔らかくてジューシーでたしかに美味しい。父親のように極上の食べ物とまでは思わないが、人をもてなす食事としては、私も自信を持ってお勧めできる。

私は昔馴染みの西池袋の焼肉屋を予約した。

「明日の六時に焼肉屋を予約したから、よろしく」

「おうっ！　久しぶりの特上カルビだな」

父は特上カルビを想像して目じりを下げた。そんな風に久々の焼肉を父も楽しみにしていたはずだったのだが……。


なんと、祝賀会の日、父親は店に来なかったのだ。

当日、私は外出先から急いで店に走って行った。

店にはすでに瑞希と福田が来ていたが、父親の姿が見あたらない。ちゃんと時間と場所を伝えておいたのに、何をしているんだ？　また、友達と昼間から飲みに行って、そのまま忘れているに違いない。今日は西池エステートにとって、大事な日だというのに。父のダメっぷりに苛立っていた。

「凛子さん、どうかしました？」

「え？」

「さっきからイラついてますね」

福田に聞かれて無理やり笑顔を作った。今日はせっかくの祝賀会だ。私が不機嫌ではいけない。

「お腹空いた〜」

瑞希が手をお腹にあて、情けない声を出しながら腰を曲げている。

瑞希と福田を待たせるのも申し訳ないので、父を待たずに始めることにした。

「よーし！　好きな物、じゃんじゃん頼んで！」

「やった〜！」

瑞希が両手を上げて喜んだ。そして、ビールと一緒にたくさんの料理を注文した。

冷えたビールが運ばれてくると、私たち三人はジョッキを合わせた。

「仕事の成功と福田くんが正社員になってくれたことに。カンパーイ！」

「いや〜凜子さん、本当に助かりました。失業保険も切れそうだったので」

福田は深々と頭を下げた。こちらこそ求人広告も出さないで、良い人材を確保できて助かっている。「いえいえ」と言いながら、私も合わせて頭を下げた。

「実は三社ほど正社員の面接に行ったんですけど、ダメでしたからね」

へぇ、福田は職探しをしていたのか。知らなかった。ボーっとフリーター暮らしで満足しているように見えていたけど、そういう人でもなかったのだな。

「でも、こんな零細企業でよかったの？」

そう聞くと福田は、少し私を叱るような口調になった。

「何言ってるんですか。西池エステートはいい会社ですよ」

お世辞でもそう言ってもらえるのは嬉しい。でも福田はお世辞を言うタイプではない。きっと本当にそう思っている。会社を愛してくれる社員が入ってくれた。それはとても心強かった。

「福田さん、彼女とか、いるんですか?」

瑞希が突然、今までの話と何の脈絡もない質問をした。

「いないですねぇ。去年、離婚したばかりですし」

「えっ!　結婚してたんだ?」

福田からは意外な返事が戻って来たので、私と瑞希は思わず声を揃えてしまった。

初めて西池エステートに客として訪れた時には、てっきり学生かと間違えるほど、あどけないというか、何も考えてなさそうというか。まぁ、実際にあまり考えないタイプではあるのだが、とにかくそんな感じだったので、所帯を持っていたということが意外だった。

「なんで離婚しちゃったの?」

「それが……」

口ごもっている福田に瑞希がとどめを刺すように攻める。

「浮気ですか?」

瑞希は、こういう他人の詮索には意外と手を抜かない。

「ええ」

「やっぱり！　離婚の理由、第一位は夫の浮気ですからね」

瑞希は自分の予想が当たったので得意気に、鼻を少し上に向けた。

「俺じゃなくて、嫁さんがね」

福田がボソッと答えた。話を聞くと、福田の離婚と勤めていた会社を辞めた原因は、密接に関係していた。

福田と元妻は会社の同僚であり、彼女は福田との結婚で寿退社し、専業主婦になっていたそうだ。しかし結婚前の不倫相手と関係が切れていなかった。

しかも、その相手というのが福田の直属の上司だったのだ。福田は結婚してまだ三か月も経っていないというのに、突然、妻から「離婚してほしい」と泣きながら言われたそうだ。どうやら、福田との結婚によって元妻と上司は、お互いの愛を再確認し、両方とも離婚して一緒になる意志を固めたようだった。

「気持ち的には、俺が浮気相手だったっていうことすかね〜」

いつもと同じ暢気な口調だったが、福田は、どこか淋しそうな表情で、網の上の肉をひっくり返した。表からはまだ生のように見えていた肉が、ひっくり返すと裏は真っ黒に焦げていた。

「あ、こんな感じ？　裏では焦げるほどに燃え上っていたんですね」

「ちょと瑞希、余計なことを言うんじゃないって」

すぐに彼女を制したが、福田はさらに頭を垂れた。

「いいですよ、瑞希さんの言うとおりですから」

「だけどさぁ、なんで福田くんが会社を辞めなくちゃいけないのよ？」

不思議だった。福田は不倫関係のとばっちりを受けたとも言える。なのに、なぜ彼が退社する必要があるのか？

「上司の方に、元妻との子供が二人いるんですよ」

「それと、福田くんが会社を辞めるのと、どう関係があるのよ？」

さっぱり理解できない。上司に子供がいるから、福田が退職しなければいけない。その二つがどうも結びつかなかった。

「わかった！　その上司にいじわるされたんだ？」。瑞希が聞いた。

「いいえ。その人、いい人だったし」

ふ、複雑すぎる。妻の不倫相手で性格も悪い奴で、というのなら勧善懲悪がはっきりしているから単純に憎みまくることもできるが、福田が新入社員の頃から世話になっている人だったらしい。アルコールのせいもあり脳内がごちゃごちゃしてきた。

「う〜ん」と唸っている私を見て、福田がもっと噛み砕いて話し始めた。

「養育費とか払わなくちゃならないでしょ？　奥さんにも慰謝料とか生活費とか。そんな中で、上司の方は失業するわけにはいかないじゃないですか」

「だから、あなたが辞めたの？」

福田は小さく頷いた。理不尽な話だ。性格のいい上司だったとしてもだ。奥さんの浮気相手に気を遣って自分が職を失うなんて。なんてこと！

おまけに福田自身、会社を辞めた後は、なかなか次の職が見つからなかったのだ。

「何それ？　人が良すぎない？」

「まぁ、僕が辞めなかったら、上司と会社で顔を合わせなくちゃなりませんからね。正直、それもキツくて」

「なるほど……」

たしかに元妻の不倫相手とずっと顔を合わせて働き続けるのは辛い。もしも福田と同じ立場だったら、私も辞めちゃうかもしれない。

それにしても、福田がうちに初めて来た時は、友達の彼女に追い出される形で部屋を出なくちゃならなくて、会社は妻の不倫相手に気を遣って辞めちゃって。

福田って奴は……。情けないほど、損な役割の男だ……。

目の前に座っている瑞希と福田の顔を改めてまじまじと眺めた。我が、西池エステートのメンバーの顔触れは……。

引きこもり娘と、情けない三十男と、ここに来ることさえ忘れているポンコツオヤジ……か。それに私が加わって、結婚詐欺に三百万円と体を盗られたバカ女……。大丈夫か？　西池エステート。少々、心配になった。

福田のカミングアウト話が終わった頃、店長が肉を持って私たちのテーブルにやってきた。

この人は私が子供の頃は新人の店員さんだったが、今は店長に昇格している。韓国人で昔は日本語もたどたどしい若いお姉さんだったのだが、今ではその面影もない。ベラベラとよくしゃべる恰幅のいいオバサンになっている。

「凛子ちゃん、晴レ晴レさんを継いだんだってね」

「ええ、会社の名前も変えました。西池エステートっていうんです」

自分が切り盛りしていることを少しだけ自慢したかった。

「そう、お父さんの仕事のこと作文にも書いてたものね。私は家を継ぐんじゃないかって思ってたわよ」

そう店長に言われて、忘れていたことを思い出した。小学生の頃、豊島区の作文コンクールで賞をとった文章のことだ。

同時に、その続きも思い出してしまった。「絶対に不動産屋さんにはなりたくありません」、そう書いたんだった……。それは子供の頃の私の本音だ。

しかし今では、この仕事にやりがいを感じている！　こうして一つ大きな仕事が成功し、社員を迎え入れた。今日はそのお祝いで達成感も感じている。

人生ってわからないものだな……。お酒がまわってきていることもあり、そんなことをしみじみと思った。

その夜、福田と瑞希と焼肉をたらふく食べてから店の前で別れた。一人で家に帰ってくる道すがら、公園の草むらからは虫の声が盛大に聞こえてくる。

ジジジジジ……。リリリリリ……。涼しい声だった。

もう季節は秋に向かっている。季節が変わるのと同時に、西池エステートも変わる。来年の今頃、私は何をしているだろうか？　具体的に想像はつかないが、きっと、明るい未来が待っているにちがいない。

秋の匂いをかすかに感じる夜風にあたりながら、来年の自分を想像していた。

家に帰ると、父親がダイニングの椅子でうたた寝をしていた。

「お父さん！」

「おぅ、凜子か。おかえり」

父は半分ほど目を開けて、のっそりと座り直した。

「もう！　なんで来なかったのよ！」

「商店街で飲んでた」

その言い方から、けして約束を忘れたわけではないことが伺えた。忘れていないのに来ないなんて酷いじゃないか。尚更ムッとした。

「そんなことだろうと思ったわよ！　お父さんが焼肉がいいって言うから焼肉にしたのに！　もう！」

「そうカリカリするなって」

「カリカリもするよ！」

すると、父は丸めた背筋を少し伸ばして、いつになく真面目な顔つきになった。

「なぁ、凜子」

「何？」

改まって私の名を口にした後、父は落ち着いた笑みを浮かべた。

「そろそろお前を見守ってやるのも終わりだ」

少しドキリとした。なぜ、ドキリとしたのかはわからない。ただ、父がどこか遠くに行ってしまうような、そんなありもしない錯覚にとらわれた。その感情を急いで否定する。

「意味わかんない。まだ酔ってるの？」

父は「酔ってない」とも「酔っている」とも答えなかった。

「瑞希と福ちゃんと仲良くやれよ」

「何よ、いつも仲良くやってるよ」

「福ちゃんはあれで結構、お前のことを気に入っているぞ」

そう言うと父親はまた、テーブルに頭をぶつけそうにコクンコクンと頭を下げたり上げたりしながら眠り始めた。

「あ、ほら！　こんな所で寝ると風邪引くじゃない」

父親の肩を揺らして寝かさないようにした。

「う〜ん、そうだな」

私の声に父親はまた目を半分だけ開き、のっそりと立ち上がると台所を出ていった。

翌朝。私はいつもより早めに起きた。

昨日、福田の歓迎会をかねて西池エステートの懇親会を開き、今日からは新しい体制がスタートする。

いつもは瑞希に適当にやってもらっている掃除も、今朝くらいは営業時間が始まる前に私がしっかりやっておこう。

ご飯とみそ汁の朝食をゆっくりと味わい、いつものようにスーツを着てメイクをした。そして鏡の中の自分に「ヨシ！」と気合を入れて下に降りていった。

事務所に入って早速、床にモップをかけていると、父親があくびをしながら事務所に入ってきた。

「おはよう、凜子」

そしていつものように、定位置である黒いソファに腰かけた。

「おはよう」

このクソオヤジ！　まだ昨日のことが腹立たしい。その気持ちをわからせたくて、わざと父親の足の近くの床にモップをかけ始めた。

「なんだよ」。父親はヒョイと足を上げた。

「昨日のこと、怒ってるに決まってるでしょ！」

「怒ってばかりだと、もっと不細工になるぞ」

昨日の話を持ちだした私を、父はいつものようにからかった。

「うるさい！」

「不細工になったら嫁に行けんぞ」

まったく、そればっかり！　他に心配することはないのか？　悔しいので、モップで父親の足元を拭き続け、足を床に下ろさせないようにしてみた。

「ところで、なんだ？　大掃除みたいだな。晦日でもないのに」

「まあね。社員第一号ができた記念すべき朝だから」

こうしてこの古いソファの下にモップをかけるのも最後かもしれない。だって、これから、このオンボロの自宅兼オフィスを鉄筋のビルに建て替えるのだから。

ようやく「西池エステート」は、木造の昔ながらの「不動産屋さん」から、ビルの社屋がある会社になるのだ。

その時だった。チャイムが鳴った。

「はーい」

もしや、社員になったばかりの福田が早く来たのかな。まだ就業時間までは三十分もあるというのにエライ人だ。おっと、まだ早い時間なのでカーテンも鍵も開けていなかった。急いでモップをおいてカーテンを開けた。

ガラスの向こうに制服姿の警察官の姿が見えた。

んん？　なんだ？　初めはよくわからなかったが、すぐに偽神崎の件だと察知した。きっと、神崎が捕まったのだ！

ガラス越しに、警察官は真面目な顔のまま私に向かって会釈をしている。私も会釈で応えながら、急いで鍵を開けて引き戸を引いた。

「おはようございます！」

「捕まりましたか？」

単刀直入だが、そのことをすぐに聞かずにいられなかった。

「はい。ずいぶんかかりましたが」

警察官は軽く敬礼をした。西池の警察署に被害届を出してから二か月。確かに長いようで短いようで。あの日、若い刑事にバカにされたことを思い出すと、その後、警察がそんなにしっかり捜査してくれるなんて思ってもみなかった。

日本の警察は素晴らしい。よかった！　本当によかった！　これで、あの詐欺野郎は牢屋行きだ！　ざまぁ～っ！　嬉しかった。私の顔からはきっと、溢れんばかりの笑顔がこぼれていたことだろう。
そんな私に警察官は、報告を続けた。
「昨日、天宮晴彦さん殺害の容疑者が逮捕されました」
天宮晴彦は父親だ。頭の中が真っ白になった。
振り返って、さっきまで一緒に喋っていた父を見た。
古くて黒いソファの上には誰もいなかった。

第五章　夢から醒めて

父を殺した犯人は主に池袋界隈で車上や事務所荒らしを繰り返している人物で、他の事件で逮捕された時にうちに強盗に入ったことも自供したそうだ。

警察官の話を聞いている最中も、ずっと頭の中がボーっとしていた。父が殺されたなんて、まったくもって信じられなかった。

「いろいろお聞きしたいことがあるので、署まで来ていただけますか？」

「……」

放心状態で、何も言わない私に警察官は心配そうに声をかけた。

「大丈夫ですか？」

「……はい」

「どなたかに付き添っていただいても構いませんよ」

「大丈夫です」

きっと、傍から見たら大丈夫そうには見えなかったのだろう。

さっき、はりきって事務所の掃除を始めたというのに、それ自体が夢であり、その夢の中で辻褄の合わない大きな出来事が展開していく。誰もがそんな夢を見たことがあるだろうが、私はちょうど、そんな感覚の中にいた。

その後、瑞希と福田が出社してきた。私は瑞希に、

「お父さんを殺した犯人が捕まったって。さっきお巡りさんが来た」と話した。

「ぇ……っ！」

瑞希は、何とも言えない低い声を出した。肩から机の上に降ろしかけていたリュックを、床にドスンと音を立てて落としてしまったが、それすらも気がつかないほど、驚いた様子だった。

瑞希も福田も私をじっと見つめたまま固まっていた。

「これから警察に行ってくる。いろいろ聞きたいことがあるって」

うつろな表情のまま、淡々と用件を伝える私に瑞希は、

「凜子ちゃん、私も一緒に行こうか？」と言った。

「うん……でも……」

どうしたらいいか、自分でもよくわからなかった。

「大丈夫です。僕が会社にいますから」

正社員になった福田は、昨日よりもずっと頼もしく見えた。私と瑞希は会社を福田に任せて、警察署に向かった。

警察署に着くと、受付まで担当の刑事が迎えに来てくれた。

「天宮さんですね。捜査一課の岩淵です」

先日の結婚詐欺事件の刑事とは違う、もっと厳つい感じの人だった。私たちは岩淵刑事の案内で、捜査一課と表示された部屋に入った。

椅子とお茶をすすめられて、その後、岩淵刑事は、朝、家に来たお巡りさんよりも、詳しい説明をしてくれた。

犯人は、うちの一階のガラス戸を、音を立てないようにして少しだけ割って手を入れ鍵をはずして室内に入ったそうだ。

事務所の机の引き出しなどを開けていたが、物音に気が付いた父親が二階から降りてきたので、大声を出されることを恐れた犯人は父をナイフで刺した。

強盗は父が息絶えるのを確認した後も事務所の物色を続け、一万六千円の現金を見つけ、盗んで逃げたということだった。

「容疑者の写真を見ていただけますか」

「え……写真ですか」

正直、強盗殺人犯の写真なんて見たくない。思わず眉をひそめてしまったが、岩淵刑事は写真を見る意図を説明した。

「本人は『偶然入った』と供述していますが、以前から天宮さんのことを知っていて計画的な犯行だった可能性もあります。念のために」

そう警察から言われたら「いや」とは言えない。渋々小さく頷いた。

岩淵刑事は分厚い書類を持ってきて机の上に置き、パラパラとめくった。刑事の手元でめくられていく書類の中に、うちの事務所の中が写った写真が見える。

私が仕事を引き継ぐ以前の様子で今とは違っていた。ソファの位置は今と変わっていないが、机の上にはパソコンもなく、書類がきちんと整理もされていない。

床に残された血痕の写真を見た瞬間、心臓がドクンと鳴るのを感じた。自分の家の床に、こんなに大きな血の跡があるなんて。これまで見たことも、考えたこともない。

これから見せられる犯人の写真が、もしも知人の誰かだったらどうしよう、と思った。

知り合いにしても赤の他人にしても、身内が殺されたことに変わりはないのだが、その殺意の背景にある憎悪や怨恨を想像すると、とてつもなく恐ろしかった。

父は殺意を抱かれる程、人から恨まれていたのだろうか。自分が知らなかった父の闇の部分でも噴き出してくるのだろうか。心臓の鼓動が早くなった。

やがて一人の男の写真が出てきて、刑事はそれを書類のフォルダーから抜き、机の上を滑らせるようにして私の前に差し出した。

顔を正面から撮ったもの、横向きのもの、全身が写っているものなど、全部で四枚あった。

「この男です。ご存じではないですか？」

まったく見たこともない男だった。ドクンドクンと大きく波打っていた心臓が、ほんの少しだけ落ち着いた。

「知らない人です」

「お宅のお客さんではなくても、近所で見かけたことがあるとか」

「私は、覚えがありません……。瑞希、知ってる？」

隣にいる瑞希に話を振った。瑞希も地元に住んでいるから、私が知らなくても知っているかもしれない。

「知らない」

瑞希は再度、写真をしっかりと舐めるように見つめた後、首を振った。

男の年の頃は、四十くらいだろうか？　いや、実はもっと、見かけよりもずっと若いのかもしれない。この世のものすべてを憎んでいるような鋭い目つきと、荒れた黒っぽい肌色が年齢を上げて見せているのだろうか。

「黄偉《コウウェイ》。お父様を殺害した時は二十七才、現在は二十九才です。北池袋在住。窃盗グループのメンバーで中国籍の不法滞在者です」

殺害した時は二十七才……？　現在は二十九才……？　どういうこと？

父が殺されたという時から二年もの月日が経過している。なぜ二年間も空白があるのだろう？　頭の中が混乱していた。

刑事は書類に書かれた文字を読み上げるようにして犯人の素性を教えてくれたが、状況がよく呑み込めなかった。

「その後、何か無くなっていたものはなかったですか？」

「たぶん……無いと思います」

「パソコンとかカメラとか腕時計とか。オーディオやバイクなども売り飛ばす目的で盗まれることがありますが、大丈夫でしたか？」

「すみません……わかりません」

昼食を挟んで、事情聴取が終わったのは夕方近くだった。

警察署を出て瑞希と一緒に家に向かって歩いていると、道路の僅かな段差につまずき、転びそうになった。

「あぶないよ」と、瑞希が私の腕を支えてくれて、何とか転ばずに済んだ。自覚は無かったのだが、かなり疲弊していた。

事務所に戻ると、思わず応接セットのソファに沈むように深く座り込んだ。瑞希も少々疲れたようで、横に倒れ込むようにして腰を下ろした。

「お疲れさまです」

福田が私たちの労をねぎらうように、コーヒーを淹れて持ってきてくれた。しばらくして時計を見ると、すでに六時過ぎになっていた。

「もう、こんな時間。福田くんも瑞希も、もう帰っていいよ」

「でも、凜子ちゃん、一人で大丈夫？」

瑞希が私の顔をのぞきこんだ。私は今日、何回、人から「大丈夫？」と聞かれただろうか。きっと相当、頼りない顔になっているのだろう。人を心配させないように、しっかりしなくては……。頑張って瑞希と福田に笑顔を向けた。

「うん、平気。でも疲れたから、今日はもう寝るわ」

「わかった。じゃ、また明日」

「お疲れさまです」

その後、「今日はありがとう」と言って二人を送り出し、事務所のカーテンを閉めて鍵をかけた。

二人が帰った後の事務所の中はガランとして寒々しかった。再びソファに座った。そして冷めかけた残りのコーヒーを飲みながら考え始めた。

父が死んだ？　二年も前に……？　警察で散々聞かれたというのに、まだ父が殺されたことが信じられなかった。

今朝方、この事務所の中で、父はいつものようにこのソファに座っていた。そして私と一緒に普段と変わらずに話していたのだ。

立ち上がり、家の二階へ向かった。一段一段、階段を上がっていくと台所の扉が見えてくる。子供の頃から見慣れた景色だ。

この扉を開けると、ダイニングテーブルがあって、そのテーブルの手前の席に父はいつも座っている。今だってきっと、台所の扉を開けると、そこには風呂上りのタオルを首にかけて、缶ビールを飲んでいる父がいるはずだ。

そんな父の姿を思い描きながら、ドアノブを回して扉を押した。しかし、開いたドアの向こう側に父の姿はなかった。

次に風呂場に行ってみた。灯りはついていない。中は真っ暗で誰も入っているはずはないのだが、念のために風呂場の扉も開けてみた。もちろん、電気もつけずに、父が風呂に入っているはずもなかった。

トイレにも探しに行った。トイレの扉には曇りガラスの小窓がついている。そこから中に灯りがついているか確認できるが、風呂場同様、中は真っ暗だった。

ここにはたぶん誰もいない。そうわかっていても、自分の目で確認せずにはいられなかった。

扉の外からノックをした。もし鍵を閉めずに中に父がいたら、用を足している父と鉢合せになってしまう。しかし何度扉を叩いても、中からは何の反応もなかった。

「お父さん？　いる？」

声もかけてみたが返事はない。トイレの扉に手をかけて力を加えると、鍵のかかっていない扉はすぐに開いた。もちろん、中には誰もいなかった。

心の中に、不安が波のように押し寄せてきた。家の中のどこかにいる父に聞こえるように、少し大きな声を出してみた。

「お父さん！　お父さん！　いないの？」

それほど広くもない家だ。このくらいの声を出せば下の事務所にいても聞こえるはずだった。

「はいよ、こっちだ」と、普段通りのとぼけた声が聞こえることを期待したが、家の中は静まり返ったままだった。

最後に二階の奥にある部屋に向かった。その部屋は自宅の中で、ほとんど足を踏み入れない場所だ。そこは母親が亡くなってから、ずっと父親が一人で寝室として使っていた西向きの部屋だった。

扉の外側の鴨居にはフックが取り付けられていて、そこには帽子が掛っている。帽子は父が外出する時に被るツイードのハンチング帽だ。

おかしいな……。外に行く時はいつも、この帽子を被っていくんだけどな。

もしかしたら、また昼間から酒を飲んだ父は、もう自分の布団で寝ているのかもしれない。それならそれでいい。今の私は、父の元気な姿を見れば、この心のざわつきがおさまるはずだ。

「お父さん、寝てるの？」

部屋の戸を開けた。しかし、年がら年中、敷きっぱなしの布団が敷いてあるだけで、布団の中はもぬけの殻だった。

部屋に足を踏み入れた。部屋の壁には、父親が家にいる時にいつも羽織っていた毛玉だらけの厚手のカーディガンがハンガーにかけられていた。

ふと、押入れが気になった。私を驚かそうとして、こんな所に隠れていたりして……。父のことだから、やりかねない。押入れの襖を開けた。

すると、押入れの上の段に白い布に包まれた高さ三〇センチほどの箱が置いてあった。少し埃を被ってはいるものの、この箱を知っていた。

箱をじっと見つめていると、心の奥底に眠っていた記憶がぼんやりと蘇ってきた。

そう、これは、二年前、南米から帰国した時に自分でここに押し込んだのだ。あの時と同じ、白い布で覆われた遺骨の入った箱だ。

どうしてここに遺骨なんか入れたんだっけ？

こんがらがった記憶の糸を、一本一本、丁寧にほどき始めた。


そうだ、あれはたしか、ブエノスアイレス近郊の、商業施設の建設予定地にいた時だった。

会社の人たちといつものように昼食を食べている最中、事務アシスタントをしている現地スタッフが私を呼びに来た。日本から私宛に電話が入っている、ということだった。その電話は、いつもは朗らかな叔母からだったが、その時の声は、とても重くて辛そうだった。

「凜子ちゃん、落ち着いて聞いてね」

「何よ？　一体」

少しの間、沈黙が流れた後、叔母は声を震わせながら話し始めた。

「兄さんが亡くなったの」

「兄さんって？」

叔母が「兄さん」と言えば、大抵はうちの父のことなのだが「亡くなった」という動詞とつながらなかった。

「殺されたの。誰かに刺されてね……」

叔母は、ズッ……と鼻をすすった。そのまま涙声に変わり、途中、何度も声を詰まらせながら状況を説明してくれた。

「アパートの更新に来たお客さんが、血だらけで床に倒れている兄さんを見つけてね。その人が警察に連絡してくれたの。二十何か所も刺されたって。酷過ぎるわ……」

叔母が何の話をしているのか、よくわからなかった。ただ、事務所の大きな窓から見える南米の乾いた大地に、ゆらゆらと揺れ続ける陽炎を見つめていた。

「凜子ちゃん、すぐに帰ってきてね」

叔母にそう言われ、「うん」と答えて電話を切った。

その後、帰国したのは五日後だった。

帰国にそれほど日数がかかってしまったのは、様々な事情があった。アルゼンチンから日本まで飛行機の直行便が無いとか、仕事を放ったらかして帰れなかったとか。

しかし、何よりも大きな理由は、父の死を認めたくなかったということだ。叔母から話を聞いた瞬間から、思考を停止させて拒絶していた。

「凜子ちゃん、ごめんね。帰りを待ってあげられなくて」

帰国したその日、父の遺骨を叔母から受け取った。

叔母の話では、父の遺体は傷だらけで長く置いておけなかったそうだ。何よりも、刺されたその姿が痛々しく、早く成仏させてあげたかった、ということだった。葬儀の後、遺骨は叔母の家で預かってくれていたらしい。

叔母から父の遺骨を受け取ると、それをそのまま二階の押入れに突っ込んだのだった。今、目の前にあるこの箱は、その時のものだ。

しかし……。そう……たしか翌日。いつものように父は家にいたのだ。

あの時、遺骨を押入れに入れた後、自分の部屋のベッドにもぐりこんで眠ってしまった。日本とアルゼンチンとの時差は十二時間。フライトの疲れと、あまりにも非現実的な出来事が受けとめられなくて、すぐに深い眠りについた。

目が覚めた時には、アルゼンチンの部屋にあった大きなファンの代わりに自分の部屋の木目の天井が見えた。その時も家に帰って来ていることが不思議な感じだった。

ベッドから起き上がり、部屋から出て下の事務所に降りていくと、父がソファの上に足を投げ出し、ダラッとした格好で新聞を読んでいた。

父は私に気が付いて顔を向けた。

「なんだ、凜子。帰ってたのか」と。

「あれ？　お父さんこそ、死んだんじゃないの？」

とんでもない質問だったが、まるで日常のなんでもない話のように、そんなことを父に聞いていた。

「ばかやろー。変な夢、見てんじゃないぞ！」

「夢かぁ。そうだよね～、ハハハハ」

「滅相もない！　殺されても死なないぞ、俺は」

思わず笑い出してしまったが、父は面白くなさそうな顔で乱暴に新聞をめくった。

いつもと同じ朝。いつもと同じ親子の掛け合い。その時、すごくホッとしたことだけは覚えている。

事務所の中も、変わっていなかった。新聞は不揃いのまま無造作にソファの横に積まれ、丸めた紙屑はごみ箱に収まりきらずに周りに落ちている。

「ねぇ、ちゃんと掃除してる？　埃だらけじゃない」

人差し指で棚の上をツーッと撫でて、埃のついた指を、父に見せた。

「おまえは、どこぞの意地悪バーサンか⁉」

「もう、お父さんに任せておいたら、本当にうちは潰れちゃうよ」

そう言ってバタバタと事務所の中を片付け始めた。それからだった。私は南米には戻らずに、家の仕事を自分で始めたのだ。

遺骨の箱の上を、そっと手でなでて埃を払った。その後、箱を出そうと腕を押入れの奥まで入れた時、隅の方に大学ノートが積まれていることに気が付いた。

何だろう？

遺骨の箱よりも先にそのノートの束を引っ張り出す。

表紙にはマジックで年号が書かれている。下から順に古いものだった。下のものほど、黄ばみ方に年季が入っていた。

ノートは父の日記のようだった。マメな人間でもなかったのに、日記なんてつけていたのか。意外だった。表紙をめくると、その冒頭は母が亡くなった後から始まっていた。

十二月十日

文子が逝って一週間。凜子は自分の部屋で毎夜、泣いている。どうして良いかわからない。我ながら情けない。

しかし妻が死んだことを悲しんでばかりもいられない。俺は文子の代わりに凜子の母親役もしなければならない。文子が凜子のためにしていたことは、できるだけ変わらずにしてやりたい。凜子に母親のいない寂しさや不自由さを感じさせたくない。

凜子は俺の宝物だ、結婚してからしばらく子供ができなくて。諦めかけた時にやっとできた、神様からの授かりものだ。

陣痛が始まってから生まれるまで十二時間もかかった。難産だったがそんなことを感じさせないくらい、生まれた瞬間に凜子は大きな産声を上げた。

「これからの時代、女性でも自分をしっかりと持って、凜とした生き方をしてほしい」と文子が言うので、俺は名前を「凜子」とつけた。凜子が生まれた日のことは、今でも昨日のことのように鮮明に覚えている。

小さい頃は「お父さん、お父さん」と言って、どこにでもついてきた。よく「お父さんみたいに不動産屋さんの仕事をする」と言って喜ばせてくれた。店に来ることが好きで、壁に貼ってある間取り図を飽きもせずによく眺めていたものだ。

しかし、凜子に店を継がせたいとは思っていない。凜子は勉強もできるし、しっかりした性格だ。親バカかもしれないが、人に優しくて行動力もある。自分の様に狭い行動範囲の中で、小さく生きていってほしくない。

かといって、俺は別に自分の人生を卑下しているわけではない。生まれ育ってきたこの地元を愛しているし、これからも地域の人づきあいは大切にしたいと思っている。仕事だって、親から受け継いだから仕方なくやっているわけではない。

この仕事は、人の人生の節目に関わる重要な仕事だ。

人生の節目は結婚や出産などの、祝い事ばかりではない。仕事で家族と離れなければならなくなったり、リストラされたり、失恋したり、離婚したり、事業に失敗して借金を背負ったり……。その理由は良いことばかりではない。

しかし、どういう理由であれ、引っ越しは人の再出発だ。だから次の引っ越し先では、その人が明るく笑顔で暮らせることを想像しながら家を紹介する。俺はこの仕事に生きがいを感じている。これからも死ぬまで続けていくだろう。

しかし時代は変わっていく。インターネットなど最近は、自分がついていけないものも増えてきた。凜子が大人になる頃には、うちはもう、時代遅れの店になっているだろう。凜子は凜子で、自分なりの舞台で活躍してほしい。

年が明けて一か月もすれば高校受験だ。凜子には、母親の死に負けずに頑張って、試験に挑んでほしい。

高校生になれば、地元以外の人とのつながりも増える。未来に向けて、凜子の世界は広がっていくだろう。

俺は凜子の将来を全力で応援している！　ガンバレ！　凜子！

胸が熱くなった。高校受験。この日のことはよく覚えている。父は受験に行く私のために弁当を作ってくれた。中学は給食だったのでそれまでは作る必要がなかったから、受験の日は、初めて父が私に弁当を作ってくれた日だ。

昼の休憩時間に弁当箱を開けたら、海苔が蓋にくっついてしまった。白いゴハンの上には「ンハレ」の文字しか残っていなくて、初めは何かわからなかった。

ふと、蓋の裏側を見たら、ガとバの点々が貼り付いていて、ようやくゴハンの上に「ガンバレ」と書いたのだとわかった。すごく励まされている気がした。

その後、高校に進学してからも、毎日、弁当を作って持たせてくれた。

もう高校生なので友達の中には、コンビニでパンやおにぎりを買う子もいたが、父は休まずに毎日、私に手作りの弁当を持たせた。

父は別に、料理が上手なわけではない。結果、弁当は全体的に茶色くて彩《いろどり》に欠けていたが、味は結構よかった。他のことにはズボラなくせに私の弁当だけは手を抜かなかった。私に母親がいない寂しさを感じさせてはいけない、と思っていたのだ……。

当時の父の気持ちがよくわかった。

私は部屋に敷かれた父の万年床の上に腰をおろし、日付順に日記を読んでいった。

毎日書いていたわけではないが、ずっと続けていたようだった。

地元の祭りで神輿を担いだことや、商店街で旅行に行ったこと、仕事のことなど、いろいろ書かれていた。だが、内容のほとんどは私のことだった。

母亡き後、雛人形を飾るのを忘れていたこと……。

私の大学の、入学式に出席したこと……。

初めて私が酔っぱらって帰ってきた時のこと……。

就職活動で私が父に相談した時のこと……など。

父と娘、二人だけの暮らしの中、父がいかに私のことを想ってくれていたかが痛いほどよくわかる。

母が亡くなってから、母の代わりに頼りない父を支えていたつもりだったが、それは逆だった。私の方が、その何倍も父から守られていたのだ。

一番新しいノートの表紙の年号は二年前だった。読み進めて半分ほどのページに、「九月二十九日」とあった。私はその日付を見て、ドキリとした。

九月二十九日

凜子から荷物が届く。アルゼンチンのマテ茶だ。手紙によると、マテ茶は健康に良いらしい。「良薬、口に苦し」、というから不味いのかと思って飲んでみたら、なかなかおいしかった。

慣れない土地での生活と仕事は大変だろうに、こうして凜子が親を気遣ってくれることは何よりも嬉しい。

海外の都市計画に関わるなんて、自分の人生では考えられない凄いことだ。親元を離れてそんな立派な仕事をしている凜子を誇りに思っている。

凜子は元気でやっているだろうか？　体を壊してはいないだろうか？

一人娘を遠い地球の裏側にやるのは断腸の思いだった。できれば、ずっとそばに置いておきたい。だが、自分の人生を歩き始めた娘の邪魔をしてはいけない。寂しい気もするが、遠くから見守ってやるのが親の務めだ。

手紙には「正月には帰る」と書いてあった。お盆休みには会えなかったから、正月に凜子に会えるのが今からとても楽しみだ。待ち遠しい。


この日記を最後に、ノートには白いページが続いている。メモの一つも残されてはいない。

父の人生はこの日、この数時間後に終わってしまったのだ。

「健康診断でコレステロールがひっかかってな。でもまた太っちまった」

電話でそんなことを話していたから、脂肪を落としコレステロールを低下させる効果がある、という南米名物のマテ茶を小包で父に送ったのだ。どうやら荷物が届いたその日に、父はマテ茶を飲んでくれたようだ。

本当は帰国する時に、お土産に持ち帰ろうとして買っておいた品だ。あの年の夏休み、家に帰る予定だったが仕事で帰れなかった。

建設予定地から遺跡のようなものが出てきたので、調査をするために工事が止まってしまったのだ。もしも遺跡だったら、都市計画自体が白紙に戻ってしまうので会社の人たちと毎日ハラハラしていた。

帰れなくなったことを電話で父に伝えた時、その話もした。

「へぇ、遺跡の発掘に立ちあうのか。すごいな。おまえ」

あの時、電話の向こうの父は、そんな風に感心していた。その時は、これほど私に会いたいと思っていたなんて、少しも察することはできなかった。父の本当の気持ちをわかっていなかった。

その後、出土品かと思われたのは、結局、廃棄された園芸用の鉢だと判明した。帰ればよかった……。いや、帰るべきだった……。本当に。

父は私に会うのを楽しみにしていた。私は、いつでも会えると思っていた。結局、会えなくて、この世からいなくなってしまう。二度と会うことはできなくなってしまった……。

あの夏に帰らなかったことを、今更ながら後悔した。どんなに悔やんでも、悔やみきれない……。

ノートを持つ手に水滴が落ちた。その後は溢れ出てくる涙で日記の文字が読めなくなってしまった。

ノートを手にしたまま、父の万年床の上に寝転がる。

拭っても、拭っても、涙は止まってくれなかった。顔に押し付けた毛布が、すぐに涙で湿っていった。

父の布団からはホコリ臭さに混じって、かすかに父の匂いがする気がした。

この二年間、私が一緒に暮らしていた父は、一体、何だったのだろう？　幻を見ていたのだろうか？　そして、父の姿が見えていたのは、私だけだったのだろうか？

そういえば瑞希や福田が、父と話している姿を見たことがない。特に瑞希にとって父は、小さい頃から可愛がってくれた叔父である。いくら引きこもりで対人関係が上手くないとしても、私とは話せるのだから父と会話ができないはずがない。

死体置き場だったビルを購入するために、融資の申請に行った銀行から帰って来た時、私には父と福田と瑞希の三人が、ソファに座って談笑しているように見えていた。しかし思い起こせば、父は二人の話を微笑みながら聞いているだけだった。

それに、偽神崎のことで父親とケンカをしていた時、事務所の中で私と父は「イーッ！」だの「フン！」だのと子供じみた無言のバトルを繰り広げていた。そんな私を見て、福田は「頭でも痛いんですか？」と不思議そうに聞いてきた。

父を探して、福田に「うちのポンコツ」と聞いた時だって、彼は何のことかわからないように首をかしげていた。福田の歓迎会で、一向に現れない父にイラつく私が先に乾杯の音頭を取った時も、瑞希も福田もそれを当然のように受け入れていた。

瑞希と福田に父の姿はずっと見えていなかったのかもしれない。

まだ父の死を受け入れられなかった。しかし、こうして遺骨を目の前にして最後の日記まで読んだ今は「父はこの世にいないのだ」、と認めざるを得なかった。

ただ……。まだ父が目の前に現れることを期待している。一緒に暮らしていた父が幽霊だったのか、何なのかはわからない。何でもいいからもう一度現れて欲しかった。これからもずっと、側にいて欲しかった……。

この二年間、ワケあり物件を扱うことで不動産屋を立て直してきた。なんだかんだと父にアドバイスをもらいながら、仕事を覚えてきた。

時には「うるさいなぁ」、「わかってるよ」と口答えもした。しかし、概ね、父の言うとおりにしていたと思う。面倒くさいことではあるけれど、商店会のバスツアーにも参加した。これも、父が「そういうつきあいは侮れない」、と言ったからだ。

賃貸の更新のことを入居者に早めに連絡するとか、入居者が感じた些細な不満をすぐに大家さんに伝えるとか、小さいこともバカにしないでやってきた。

仕事とは関係ないが、結婚詐欺に遭った時も、「被害届を出せ」と警察に行く事を勧めたのは父だった。

再び涙が溢れてきた。何度、手で涙を拭っても涙は止まらなかった。

するとと父の声が聞こえた。

「すまなかったなぁ。凜子」

声のする方に目をやると、枕元に父が座っていた。

お父さん！　と、私は大きな声で父を呼ぼうとしたが、声が出せなかった。

「こんなことになってしまって。お前には本当に悪いと思っている」

父は両手の拳を膝に置いて正座した格好で、申し訳なさそうな顔で謝った。何を謝っているのだろう？　父が謝ることなんて何もないというのに。

「あの日、物音が聞こえても下に降りていかなきゃな。どうせ店には大金も高価なものも、置いてなかったのにな」

父は強盗に刺されてしまった自分の行動を後悔していた。そして続けた。

「でもな、俺が悔やんでいるのは死んだことだけじゃない。まぁ、こんな死に方をしたのは驚きだったがな。何よりも俺が悔やんでいるのは、お前に店を継がせることになってしまったことだ。しっかりと自分の道を進んでいたのに、こんなことになってしまって……」

父は強く唇を噛んだ。本当に悔しそうだった。

私は家の仕事を始めたことを、これっぽっちも後悔なんてしていない！　それを父に伝えたかったが、声を出そうとしても言葉を発することができない。代わりに一生懸命に首を振ろうとしたが、思ったように体の一部も動かすことはできなかった。

父は立ち上がって、入り口の鴨居のフックからハンチング帽をはずした。

「俺はそろそろ行かなきゃならない」

行くって？　どこに……？　帰ってくるのだろうか？　胸いっぱいに不安が押し寄せた。

「……。凜子、別れの時が来た」

父は淋しそうに目線を落としていたが、言葉には私を諭すような力強さがあった。

行かないで！　私は、もっと親孝行しなくちゃ！　そう叫びたかった。声が出ないのがもどかしかった。しかし、

「お前が元気で生きていくことが、何よりの親孝行だ」と父は答えた。

声が出せないというのに、父はまるで私の心を読んでいるかのようだった。それはとても不思議な感覚だったが、必死に心の中で父に話しかけ続けた。何とかして父親を家に留まらせておきたかった。

仕事だって、私はまだ半人前だよ！

「大丈夫、お前はもう一人前だ。死体置き場のビルだって、頑張って、見事に売り切

ったじゃないか」

お父さんがいなくちゃ、お店、やっていけないよ！

「店はお前に任せた」

まだ、全然、わかってないよ！

いつもなら「お前は全然、わかっていない」が口癖の父だが、この時、初めて反対の言葉を私にかけた。

「お前は……。全部、わかっている」

そして、父は手に持ったハンチング帽を頭に被った。

お父さんが遠くに行っちゃう！　もう二度と帰って来られないどこかへ！　私は焦った。必死だった。

やだ！　一人にしないで！　お父さん！

父は、やさしい笑顔を浮かべて言った。

「お前は一人じゃないさ。みーちゃんだって福ちゃんだって、五月だっている。おまえは、みんなと一緒にいるよ」

お父さん！　待って！

父の背中は次第に私から離れていった。

「凜子、達者でな」

待って！　私、言っておかなきゃならないことがある！

父は立ち止まり、もう一度、少しだけ私の方を向いてくれた。

お父さん。ありがとう……。

父は「うん」と頷いた。そしてまた背を向けて、ゆっくりと歩いていった。

そこはもう家の中ではなかった。父は、幕が閉じて暗くなるステージからいなくなるように、静かに消えていった。

追いかけたかった。何度も全身に力を入れて体を動かそうとしたが、体はまるで固い石のように動かなかった。ただひたすらに、心の中で「お父さん」と呼び続けるしかなかった。

やがて父の姿は見えなくなった。

そうして目を覚ました。見渡すと、そこは父の布団の上で、私の周りには父の日記が散らばっていた。

昨夜は日記を読みながら眠ってしまったようだ。どのくらい眠っていたのだろう？　窓の外はずいぶん明るくなっていた。

押入れは開けっ放しだった。上の段の一番手前には遺骨の箱があった。あらためて部屋の中を見まわすと、部屋全体がホコリっぽかった。壁にかかっている父のカーディガンも、窓のカーテンも、古い桐箪笥の上も。

部屋の中にあるすべての物に、叩くと舞い上がるような白くて細かいホコリがついていた。それらは、手をつけずに放っておいた、二年の歳月を物語っていた。

父は死んだのだ。もう二度と、この家に帰ってくることはない。私の目の前に姿を現すこともないのだ……。

その時、下でガラッと事務所の引き戸が開く音がした。

階段を降りて事務所に入っていくと、ソファに丸まった男の背中が見えた。お父さん……？　と思った瞬間、男は頭を上げて振り向いた。

「おはようございます」

福田だった。そうだ。福田は正社員になったので、会社の合鍵を渡しておいたのだった。私は明るく声を出した。

「おはよう！　福田くん、早いね」

「いや、もう九時半ですよ」

「あ、私が寝坊したのか。ハハハ」

数分後に瑞希も出勤してきた。その時、叔母の「法事の件で」という電話を思い出した。あれは母親の十三回忌ではなくて、父の三回忌のことだったのか……。

瑞希に言った。

「来月、お父さんの三回忌の法要をするって、五月おばちゃんに伝えてくれる？」と。

「凜子ちゃん……」

昨日、警察でいろいろなことが明らかになって、ショックを受けているだろう私を瑞希はまだ心配しているようだった。

「その時に納骨もするね」

にこやかに言うと、瑞希の顔も明るくなった。思ったよりも元気そうな私を見て安心したのだろう。

「うん！」

「さ、二人とも。今日も仕事！　よろしくぅ～！」

瑞希と福田に向かって、社長らしく、ちょっと偉そうに声をかける。そして、いつものようにパソコンを起動させて仕事を始めた。

父はきっと、どこかで私を見ているだろう。父をがっかりさせないように、しっかりと生きていかなくちゃ。

「こんにちは」

次に事務所の引き戸を開けたのは、クリーニング屋のご夫婦だった。

「凜子ちゃん、この間紹介してもらったマンションなんだけど、やめようかと思っているの」

「え？　何かありましたか？」

あれは今年の春だったか。夫婦に二人目の子供ができたと聞いたので、今の木造アパートよりも丈夫で、階下に音が聞こえにくい2LDK〜3LDKの賃貸マンションをいくつか紹介したのだ。

そのうちの一つが気に入って、夫婦は引っ越しを決めていたはずだったが。

お客さんが気に入らない物件を勧めてしまったか……。まだまだ修行が足りないようだ。

「ごめんなさい、いたりませんで……」

「そうじゃないのよ」

奥さんは少し恥ずかしそうに笑い、ご主人がその後の話を続けた。

「三つ子だったんだよ」

産婦人科の検査で、今度、生まれる子供が三つ子だということが判明したらしい。

「まだ、男の子か女の子かはわからないんだけど」

「どちらにしても賑やかになるから。古くても一軒家にしようかと思って」

なるほど！　三つ子の女の子たちと、一才上の年子の男の子がいる家庭を思い浮かべた。

みんな元気に声を出して家の中を走り回っている。それは、やかましいけれど、幸せな様子で、想像するとなんだかワクワクしてきた。

「了解！　まかせてください！」

私は夫婦に胸を張った。

すぐに、良い家を見つけてあげなくちゃ！　こんな時に、父だったら、どんな家を紹介するだろうか？

父に聞いてみたいが、もう以前のように私の前に現れることはないだろう。

しかし、私はいつでも心の中で父に問いかける。

「お父さんだったら、どうする？」と。

今、父に言いたい。

「私は今、すごく仕事が楽しいよ。ここまでやって来れたのも、みんなお父さんのおかげだよ」と。

エピローグ

銀杏の木が黄金色に変わり始めた頃、父の三回忌の法要をした。私は叔母や瑞希と一緒に、父親の遺骨を天宮家の墓の、母親の骨壺の隣におさめた。

「兄さん、きっと喜んでいるわね」

叔母の言葉は、いろいろな意味を含んでいる。

ようやく墓に入れてもらえたこと、母親の隣に来られたこと、無事、三回忌の法要ができたこと……。

しかし何よりも、私が納骨できるくらいまで立ち直ったことに対して「父が喜んでいる」、と言ったのだろう。

どうやら瑞希がうちに来たのは、瑞希を社会復帰させたいという母親の願いからではなく、父を喪なった私を心配する叔母の計らいであったようだ。

まぁ、確かに。瑞希は一風変わっていて仕事もできないが、外に出られないような引きこもりではなかった。小遣いが無くなれば、適当にアルバイトでも探していたに違いない。

瑞希はまだ当分、西池エステートを辞めそうもない。オモチャを持って来たりゲームをしたりで、今でも私に怒られはするけれど、彼女にとってここはどこよりも居心地が良いようだ。

福田は福田で、相変わらず飄々としている。私がせっかちな方だから、福田のようにマイペースで俯瞰して物事を見ることができる人間がいると何かと助かる。しばらくは、こんな二人と一緒に会社を運営していくことになるだろう。

潰れそうな家業を立て直す手段として扱い始めた「ワケあり物件」だが、これも当分は扱い続けていくつもりだ。

なぜなら誰も買わない不適切な事情を持つ物件を、練りに練って手を加え見事にイメージアップさせる仕事に、私はこの上ないやりがいを感じているからだ。

父はあれ以来、私の前に姿を現すことはない。

納骨する時、父への手紙を一緒に入れた。これが、その手紙だ。

お父さん、私の作文を覚えていますか？　小学校の時に豊島区で最優秀賞をもらった、あの作文です。

「お父さんは明るくて、いつもにこにこしています。……お父さんは、その人のみらいが明るく晴れやかになることをそうぞうして家をさがしてあげるそうです。お父さんのしごとは、すばらしいしごとだと私は思います」と、私はお父さんの仕事のことを書いて賞をもらいました。お父さんもすごく喜んでくれましたよね。

でも、あの作文には続きがあったのです。その部分は担任の先生が、消しゴムで消してしまったのですが、最後に、

「でもふどうさんやさんにはなりたくありません。ぜったいに！」

と私は書いていたのです。

実は消されたこの部分が、その頃の私の本音でした。大人になるまでずっと、そう思っていました。

でも私は、お父さんの生き方に反抗しながらも、心の奥ではずっと肯定していたんですよ。その後、私はどんどん大人になって恥ずかしくて口には出さなかったけど、いつもにこにこしていて、威張らないお父さんが大好きでした。

商店街や近所の人と仲が良くて、不動産のことは必ずうちに頼むというお客さんを大切にしながら、地元で不動産屋を営むお父さんを私は尊敬していました。

作文の消された部分も、残って賞をもらった部分も、作文のすべてが私の本心なの

です。私は今、心からこの仕事にやりがいを感じています。たくさんの人の人生を応援する、この素晴らしい仕事に！

お父さん、ありがとう。

凜子

本作は書き下ろしです。

本作品はフィクションです。実際の人物や団体、地域とは一切関係ありません。

TO文庫

天宮凛子のワケあり物件

2015年3月1日　第1刷発行

著　者　東京かれん
発行者　東浦一人
発行所　TOブックス
〒150-0011 東京都渋谷区東1-32-12
渋谷プロパティータワー13階
電話03-6427-9625(編集)
0120-933-772(営業フリーダイヤル)
FAX03-6427-9623
ホームページ　http://www.tobooks.jp
メール　info@tobooks.jp

フォーマットデザイン　金澤浩二
本文データ製作　TOブックスデザイン室
印刷・製本　中央精版印刷株式会社

Printed in Japan　ISBN978-4-86472-357-2

運転しているのは倉田だ。
そして荷台には伊丹。
彼らの高機動車が、
ロープで石を
引き摺《ず》りながら
走っているのである。